웹소설

작가의

일

김준현

웹소설 작가의 일

웹 환경 이해와
소설 창작을 위한 길잡이

한티재

왜 웹소설 작가의 '일'인가?

'웹소설'이라는 명칭이 정착된 지 이제 5년이 지났습니다.

웹소설의 시장과 독자는 날이 갈수록 늘어나고 있으며, 그 상승세도 몇 년째 둔화될 기미를 보이지 않고 있습니다. 5년이면 탐색 기간으로서는 충분한 걸까요. 이 새로운 장르에 대한 대중의 관심은 이제 본격적으로 가시화되는 느낌입니다. 2017~2018년부터 다양한 매체에 웹소설 관련 특집이 오르내리고, 관련 강좌들이 폭발하고 있습니다. 유명한 웹소설 작가들이나 관계자들이 저마다의 웹소설 쓰는 노하우를 전수하러 나서기도 했지요.

이 책은 웹소설을 쓰려는 사람, 읽으려는 사람, 그리고 웹소설을 공부하려는 사람들을 두루 독자로 설정하고 있습니다. 하지만 그 중에서도, '작가'라는 키워드에 초점을 맞추려고 합니다. 웹소설의 작가는 누구인가. 이전의 작가와는 어떻게 다른가. 그리고 그들이 하는 일은 어떻게 같고 어떻게 다른가. 이것은 웹소설이라는 것이 무엇인지를 설명하는 데 아주 유용한 경로라는 생각이 듭니다.

이미 웹소설과 관련된 단행본은 시장에 여러 권 나와 있습니다. 하지만 그 책들은 몇 가지 공통적인 문제점을 안고 있기 때문에, 또 하나의 웹소설 관련 도서를 한 권 더 보탤 생각이 들었다고 할 수 있겠습니다.

먼저 기존 단행본들을 검토하면서 느낀 몇 가지 문제점을 이 자리에서 이야기해 보겠습니다. 그 편이 이 책이 갖고 있는 특징을 설명하는 데 더 효율적이기도 하겠지요.

첫째, '웹소설'은 '추리소설'이나 '로맨스소설'과는 다른 성격을 가지고 있는 장르 명칭입니다. 어떤 작품의 표지에 '추리소설'이라는 말이 적혀 있다면, 우리는 그 작품의 대략적인 내용과 플롯을 알 수가 있습니다. 하지만 '웹소설'이라는 명칭은 전혀 다릅니다. '웹소설'은 '추리소설'이라는 명칭보다는 '휴대폰소설', 또는 '신문연재소설'이라는 명칭에 가깝습니다. 작품의 내용과 관련된 규범을 갖고 있는 장르 명칭이 아니라, '매체적 성격'을 강하게 드러내는 명칭이지요.

따라서 웹소설은 그 매체로서의 성격, 그리고 그 매체의 변화에 의해 생긴, 이전 소설과는 구별되는 여러 가지 성격을 논해야 합니다. 쉽게 말해서, 웹소설이 무엇인지 살피려면, 작품의 내용 말고도 할 이야기가 많다는 것이지요. 하지만 지금까지의 웹소설 논의는 아직 작품 내용의 범위에 묶여 있다고 할 수 있습니다. 이제는 웹소설의 내용뿐 아니라 웹소설의 제작 과정, 유통, 그리고 독자의 피드백이 적용되는 과정 등 총체적인 과정을 살펴야 할 필요가 있습니다.

둘째, 웹소설과 주변 장르와의 관련성 문제입니다. 웹소설을 소설의 일종으로 보아야 할까요, 아니면 '소설'이라는 명칭만 공유할 뿐 소설과는 별개의 장르로 보아야 할까요? 이 문제에 대해서도 웹소설을 공부하는 사람들, 혹은 웹소설 관련 종사자들의 의견이 아직 충분히 모아지지 않았습니다. 더 나아가, '장르문학', '대중문학' 같은 주변 장르와 어떻게 연관시켜야 할지도 그렇지요.

사실 현재 웹소설과 관련된 단행본, 그리고 거기에서 이루어지는 논의에서 '장르문학'이 차지하는 비중은 대단합니다. 조금 단정적으로 말하면, 장르문학 시절에 이루어진 논의들이 그대로 웹소설의 장으로 연장되어 있다고 해도 과언이 아닙니다. 장르문학을 연구하던 분들이 그 무대와 대상을 웹소설로 옮긴 것인데요. 그런데 이상하지요. 분명히 장르문학과 웹소설 사이에 교집합이 존재한다고는 하지만, 장르문학을 구성하는 '장르'와 웹소설을 구성하는 '장르'가 같으리란 보장이 없는데 말입니다.

이것은 솔직히 말하면, 웹소설 논의에 있어서의 주도권 문제와도 관련이 있습니다. 웹소설에 관련된 논의는 예전 장르소설을 공부한 분들이 아직 주도권을 잡고 있어요. "웹소설은 장르 소설의 일부이다"라고 생각하는 사람들의 수가 "웹소설과 장르소설은 다르다"라고 생각하는 사람들보다 더 많고, 이들의 목소리가 아직 다수를 차지하고 있다는 말입니다.

하지만 웹소설 작가라면 반드시 장르소설 시절에 정립된 장르 논의들을 알아야 할까요? 장르소설의 장르들을 모르고 웹소설의 장르만 안다면 웹소설 작가나 종사자가 되기는 어려울까요? 이 물음에 대한 정답은 없습니다. 하지만 '장르소설' 말고도 다른 경로로 웹소설이라는 실체에 접근할 수 있다는 것만은 분명한 사실입니다. 그런데도 현재 웹소설 논의는 이런 주류적 관점에 묶여 있는 느낌이 있다는 것이지요. 이 책은 이러한 현상에 대한 문제의식 또한 담고 있고, 그것을 포함한 다른 관점을 균형 있게 제시하려고 합니다.

하위 장르 논의가 필요 없다는 것도 아니고, 이 책에서 다루지 않겠다는 것도 아닙니다. 하지만 웹소설의 하위 장르가 장르소설의 하위 장르를 그대로 계승한 것인지에 대한 반성도 필요하고, 웹소설의 하위 장르가 갖는 고유의 특성에 대한 새로운 고찰도 필요하다는 것이지요.

셋째, 현재 이루어지고 있는 웹소설 논의들은 기존의 소설에서와는 다른 존재인 작가와 독자에 대해서 충분히 고찰하지 않고 있습니다. 웹이라는 매체가 갖는 성격이 웹소설의 제작과 유통 과정 전반에 걸쳐서 변화를 가져왔다고 했지요? 그렇기 때문에 작가와 독자의 성격도 크게 바뀌었습니다. 웹소설의 독자는 기존 출판 소설의 독자와는 다르게, 유례없는 주체성을 가지고 작품의 창작에 적극적으로 개입합니다.

그러면 작가는 어떨까요? 작가의 작업 범위는 기존보다 훨씬 넓어졌습니다. 이제 작가는 웹의 공간에서, 플랫폼이 제공하는 시스템을 이해하고 활용해야 하며, 독자와 댓글을 통해 소통을 하기도 하고, 자신의 작품의 유통 방식에 대해 고민하기도 합니다. 단적으로 말하면, 웹소설의 작가는 기존 소설의 작가가 출판사에 일임하던 작업을 자신의 일감으로 많이 가져왔으며, 또 웹이라는 새로운 환경 때문에 새로 대두된 일감들을 떠맡기도 했습니다. 웹소설의 작가는 정말 바쁜 사람이랍니다. 웹소설 작가의 '일' 중 어떤 것을 하고 어떤 것을 하지 않을지, 그리고 어떤 일에 중점을 둘지에 대해서도 작가 개인이 고민을 해야 합니다.

이 책의 제목을 '웹소설 작가의 일'이라고 한 것은, 세 번째로 지적한 문제가 앞의 두 가지 문제를 아우르기 때문입니다. 웹소설의 작가에게 '오리지널리티'와 '개성'은 기존 소설의 작가에게보다 중요하지 않은 개념입니다. 자신의 개별적인 작품세계에 침잠하는 것이 아니라 자신의 작업 영역을 꾸준히 넓혀서 유통 과정 전반에 개입하고, 다른 인접 장르들의 작품들을 통해 새로운 기법과 장르 규범을 도입하는 것을 끊임없이 고민해야 합니다.

정리하면, 이 책은 기존의 웹소설 관련 도서들처럼 장르소설에서 논의된 규범들을 그대로 웹소설의 작법에 도입하는 것을 지양합니다. 그리고 웹소설을 둘러싸고 있는 다른 관련 장르와의 관계를 균형 있게 고찰하려고 합니다. 또한 웹소설의 작품 안에 있는 내용뿐 아니라 제작 과정과 유통 과정, 작가와 독자, 그리고 출판 주체와 유통 주체들의 협업과 분업 양상을 유기적으로 재구성하려고 합니다. 이 과정에서 '작가'가 구심점 역할을 하는 것은 물론이지요.

웹소설에 있어서 어떤 논의가 맞고 어떤 논의가 틀렸는지를 따지는 것은 별로 영양가가 없는 일입니다. 웹소설은 이제 정립되고 있는 장르이고, '웹소설'이라는 같은 명칭을 쓰고 있다고 해도 사람들이 생각하는 웹소설의 모습은 조금씩 다릅니다. 따라서 웹소설에 대한 정답을 찾으려고 하지 말고, 다각적인 시선을 통해서 접근하려는 태도가 중요합니다. 그래야 시시각각 변화하는 웹소설의 걸음을 쫓아갈 수 있습니다. 오늘의 규범은 내일의 인습이 될 수 있고, 웹소설의 특성상 이런 변화는 훨씬 폭넓게, 또 빨리 이루어집니다.

따라서 이 책은 좀 더 다양한 각도에서 다양한 질문을 던지는 것을 목표로 합니다. 그렇게 한다면 이 유동적이고 불확실한 웹소설이라는 대상을 좀 더 구체적으로 파악할 수 있을 것입니다. 그리고 앞으로 시시각각 변화해 가는 과정에서도 더 능동적으로 대처하여 작가로 남을 수 있는 발판을 마련할 수도 있겠지요.

저는 대학에서 소설을 전공했고, 종이책 출판 시절부터 소설을 써 왔으며, 또 현재 웹소설 특강을 진행하고, 직접 네이버 등에 웹소설을 연재하며 작가로 생활하고 있기도 합니다. 이 경험을 바탕으로 웹소설이 기존 소설과 어떻게 같고 다른지에 대해 여러 가지로 고민해 볼 수 있었습니다. 이 고민을 통해, 웹소설이라는 대상을 설명하는 것은 웹소설을 써 보려는 작가에게 몇 가지 힌트를 줄 수 있는 중요한 경로가 될 거라고 믿게 되었습니다.

이 책이 단순히 독자 여러분께 '웹소설이 무엇인지' 알려주는 데 머물지 않고, '웹소설은 과거에 무엇이었으며, 현재 무엇이고, 또 앞으로 무엇일지' 능동적이고 지속적으로 파악해 나가는 데 도움이 되기를 바랍니다.

2019년 여름
김준현

차례

IV. 웹소설의 하위 장르

V. 제작, 유통, OSMU

VI. 못 다한 이야기

I

웹소설이란

무엇인가?

먼저 웹소설이란 무엇인지 간단하게 이야기해 봅시다.

'웹소설'이라는 말은 2013년 네이버가 '네이버 웹소설 공모전'이라는 말을 쓰면서 정착되었습니다.

그 이전에는 '인터넷 소설', '사이버 소설' 등의 명칭이 난립해 있었습니다만, 네이버의 영향력이 워낙 강한 때문인지, '웹소설'이라는 용어로 통일되는 데에는 그다지 긴 시간이 걸리지 않았어요.

하지만 재미있게도, 웹소설 자체가 2013년 이후에 생겼다고 생각하는 사람은 별로 없는 것 같습니다. 그 이전부터 존재하던 어떤 것에 '웹소설'이라는 명칭이 붙은 게 2013년이라고 보아야지요. 지진이 먼저이지 '지진'이라는 말이 먼저가 아닌 것처럼 말이죠.

그러면 '웹소설'이라는 명칭 말고, 웹소설 자체는 언제부터 생겨났을까요? 이 문제에 오면 의견이 분분해집니다.

웹소설의 시초는 1990년대 PC통신 소설이었다고 하는 사람이 있는가 하면, 어떤 사람은 모바일 환경이 구축되고 정착된 2010년대부터 본격적으로 웹소설이 나왔다고 하기도 하니까 말입니다.

또, 어떤 사람은 웹소설이 장르소설의 하위 장르라고 하는 반면, 어떤 사람들은 웹소설을 소설과는 대비되는 완전히 새로운 장르로 봐야 한다는 주장을 펴기도 합니다.

우리가 공부해야 하는 웹소설이라는 것이 이렇게 혼란스럽게 존재하는 대상입니다. "웹소설이란 무엇인가"에 대한 정답을 내는 것은 그래서 어려운 일이고, 또 별로 영양가가 없는 일이기도 합니다.

어차피 개인이 인공적으로 발명해낸 것이 아니라 정말 여러 가지 경로로 발전하고 정착된 게 웹소설이니까요.

그래서 이 책에서는 웹소설이란 게 무엇인지에 대한 불변의 답을 내기보다는, 웹소설에 대해서 중요하게 생각해야 할 지점을 훑어보는 데 주력하려 합니다.

1
'웹소설'이라는 명칭,
그리고 '웹'이라는 매체

'웹소설'은 '웹'을 기반으로 하는 소설을 의미합니다.

명칭에 대해 여러 의견이 있다고 해도, '웹'이라는 말이 붙어 있는 이상 그 사실을 부정할 수는 없지요.

장르와 관련된 여러 가지 명칭이 있지만, 그 명칭들 이면의 원리는 저마다 다르답니다. 예를 들어서, '웹소설'과 '추리소설'은 모두 소설의 장르를 일컫는 개념들이지만, 그 개념이 만들어진 원리는 서로 다르지요.

'추리소설'이라는 말을 보면, 우리는 그 소설의 내용에 대해 생각하게 되지요. 살인사건이 발생하고, 그리고 탐정이 등장해서 트릭을 풀고 범인을 체포하는.

하지만 '웹소설'에는 그런 내용을 생각할 수 있게 하는 어떤 실마리도 들어 있지 않지요. '웹소설'은 내용을 토대로 만들어진 명칭이 아니라 그것이 발표되고 유통되는 '매체'를 통해서 만들어진 명칭이니까요.

따라서 '추리소설', '연애소설', 'SF소설' 같은 층위의 장르 명칭과는 달리, '웹소설'은 '신문연재소설', '딱지본 소설', '문자 메시지 소설'(일본에서 2000년대에 유행했던) 등과 같이 취급되어야 합니다. 뒤의 것들은 모두 소설이 유통되는 매체에 따라서 만들어진 이름이지요.

하지만 아직 웹소설 관련 단행본이나 연구들에서 이 매체적 성격에 대해 본격적으로 논의하는 경우는 많지 않아요. 우리 나라에서 지금까지 출판된 단행본들은 대부분 웹소설의 내용에 대한 이야기가 주가 되고 있지요. 주인공의 성격이 어때야 한다거나, 독자들이 좋아하는 스토리 전개 방식은 어떻다든가, 하는 이야기 같은 걸로요.

물론 이런 이야기들은 중요해요. 차가운 국수를 모두 '냉면'이라고 하지 않는 것처럼, '웹'에 실린 모두를 다 '웹소설'이라고 하지는 않으니까요. 결국 웹소설이라고 불리려면 '웹'을 통해 유통된다는 것 외에도 여러 가지 조건을 갖추어야 합니다. 따라서 이 조건들이 무엇인지 고민하고 공부해야 합니다.

작품의 내용은 물론 중요한 조건입니다. 그래도 내용에 비해 '웹'이라는 매체와 관련한 웹소설 논의가 너무 이루어지지 않고 있다는 사실에는 분명히 문제가 있어요. 내용이 전부는 아니거든요.

종이책 소설의 성격을 논할 때 형식을 논해야 하고, 그 형식은 '문자'라는 매체와 '출판'이라는 환경의 영향을 받거든요. 웹소설의 조건도 웹이라는 매체와 유통 환경과 관련된 것이 있겠지요? 이 책은 그 점에 대한 문제제기에서 출발하고 있기 때문에, 이 매체성에서 비롯된 특징들에 대해 더 힘써 이야기하고 있습니다.

예를 들어 이 책의 제목인 '웹소설 작가의 일'과 관련된 이야기를 해보겠습니다. 웹소설의 한 화話는, 소설의 일부이기도 하지만, 웹 게시물의 일부이기도 하지요. 하지만 이 문제는 너무 쉽게 망각되곤 합니다.

웹소설의 작가가 연재를 하는 것은, 소설의 한 화를 발표하는 것이기도 하지만, 소설의 한 화 분량에 해당하는 게시물을 올리는 것이기도 하지요. 웹소설 한 화 한 화를 소설의 한 챕터로 볼 것인가, 아니면 웹 게시물 중 하나로 볼 것인가에 따라 할 수 있는 이야기는 달라집니다.

그러니까 웹소설 작가는 기존의 소설가와는 다르게, 작가이면서 업로더이기도 하고, 또 게시자이기도 한 것이지요. 우리가 자동차를 타는 것은 운전을 하는 것이기도 하고, 출퇴근을 하는 것이기도 하듯이, 한 가지 행동에는 여러 일면이 있습니다. 그런 여러 가지 면들을 다각도로 살펴보는 것이 좋다는 것은 말할 필요가 없겠지요.

웹소설은 기존의 문학 장르, 특히 신문연재를 통해 유통되는 대중소설이나 도서대여점을 통해 유통되던 장르소설과의 친연성이 흔히 강조됩니다. 이 친연성을 강조하는 과정에서 '신문', '도서대여점', 그리고 '웹'과 같은 매체적 변수들의 특징은 상대적으로 무시되지요.

하지만 매체성을 강조하면 다른 장르들과의 차이점이 강조된답니다. 단행본의 형태로 '대여'를 전제로 하던 장르소설과, '웹'에서 '게시물 열람'을 통해 유통되는 웹소설의 차이는 상당히 크게 느껴지지요. 이렇게 '웹소설'이라는 명칭이 갖고 있는 매체성에 대해 강조하면, 지금까지와는 조금 다른 논의를 할 수 있게 되는 셈입니다.

지금까지 나눈 이야기들을 정리해 볼까요? 앞으로 각각의 이야기 끝부분에는 이렇게 Q&A로 정리를 하겠습니다.

Q. 웹소설은 2013년에
만들어진 것인가?

A. '웹소설'이라는 명칭은 그때
정착되었지만, 웹소설 자체는
그 이전부터 있었다.

Q. '웹소설'이라는 명칭은 다른
장르 명칭과 어떻게 다른가?

A. '웹'이라는 매체를 주된
조건으로 만들어졌다는 점에서
다르다.

A. 웹소설이라는 장르를 논할 때
웹이라는 매체적 조건을 고려해야
한다는 점에서 유의미하다!

2
웹소설은 소설의 확장인가,
무덤인가?

웹소설은 소설의 연장일까요, 아니면 소설이 도태되거나 소멸되고 그 빈자리를 채우는 새로운 장르일까요?

우선, '웹소설'이라는 명칭 때문에 웹소설을 소설의 일종이라고 생각하는 게 자연스러운 일이겠지요? 하지만 반드시 그런 것만도 아닙니다. 어떤 웹소설 관계자들은, 이름에서 드러나는 친연성과는 달리 웹소설은 기존의 소설과 적대적인 장르라고 생각하기도 하지요.

종이를 통해서 유통되는 것과, 웹을 통해서 유통되는 것은 관점에 따라서는 상당히 이질적인 행위이기도 하니까요. 어떤 사람은 "종이책이냐 웹 콘텐츠냐의 차이가 있을 뿐이지, 소설이라는 점은 똑같다"라고 하는가 하면, "바로 그 점 때문에 소설과는 완전히 다른 장르가 되는 것이다"라고 하는 사람도 있으니까요.

또, 이런 것도 있습니다. 종이책을 통한 소설이라는 장르는 요즘 유행하는 말로 '고인물'이라고 할 수 있는 무언가를 생성했지요. 소위 '원로 작가'라든가, '기성문단'이라든가 하는 존재들이지요.

최근에는 주요 문예지로 대표 되는 기성문단에 대한 비판적인 시각이 많은데, 이 문단이 가지고 있는 권력이나 권위가 소멸되는 계기를 마련하는 게 바로 웹이라는 관점입니다.

조금 딱딱한 말이 되겠습니다만, 기존 문학에서는 '순수문학'과 '대중문학', 혹은 '고급문학'과 '저급문학'을 나누는 해묵은 기준이 존재해 왔지요. 소설 작품에는 여러 가지 소재나 플롯이 들어갈 수 있는데, 어떤 것은 순수문학적인 것, 어떤 것은 대중문학적인 것, 하는 식으로 나누는 기준들이 생겼습니다. 그리고 그게 또 굉장히 오랜 시간에 걸쳐서 정교해지고, 재생산되었지요.

그러다 보니 문단 외부에 있는 사람들의 관점으로 보기에는 문단의 담론 재생산 방식, 그리고 구성원(후계자)의 양성이나 선발 방식이 비합리적이거나, 상당히 기괴해 보이기까지 한 게 현실입니다.

게다가 문단 내 성폭력, 유명 문인의 표절 문제까지 겹치면서, 문단의 주요 위치를 점하고 있는 문인들에 대한, 그리고 그들이 쥐고 있는 권력에 대한 비판적인 목소리는 점점 커져만 가고 있습니다.

그런 와중에 그들의 문단 권력이 미치지 않는 '웹'이라는 매체를 통해 유통되는 웹소설은 꽤 오래 지속되어 왔던 문단의 질서를 뒤집을 수 있는 상당히 중요한 계기가 될 수도 있는 겁니다.

물론 웹소설을 소설의 일부, 혹은 소설이 변형된 형태로 보는 시각도 만만치 않습니다. '웹'을 통해서 소설이 성격을 변화시키고 있다는, 그리고 그 변화는 상당히 좋은 방향으로 이루어지고 있다는 평도 존재합니다.

"웹소설 때문에 소설이 망그러지고 있다"는 시각도 존재하지만, 문학 연구자들 중에는 기존 문학이 갖고 있는 '엄숙성' 자체가 그렇게 전가의 보도인 것처럼 시대를 막론하고 떠받들어져야 하는 게 아니라는 비판의식을 보여주는 사람도 많습니다.

소설에 대해 조금 공부를 해 본 사람이면 누구나 알다시피, 원래부터 '순수소설'이라는 건 존재하지 않았습니다. 순수소설이 먼저 있었고 거기에서 대중소설이 파생되어 나왔다는 믿음이 상당히 오랫동안 존재해 왔었습니다만, 사실 그건 순수소설과 대중소설의 경계가 강해지고 난 다음에 사람들에 의해 소급되어서 생겨난 믿음이지요.

소설이, 근대적인 의미의 신문이 독자를 확보해 나가는 전략을 수립하는 과정에서 정착되고 발전한 장르임을 부정하는 연구자는 거의 없거든요. 그러니 원래부터 소설은 '대중지향적'이었다는 사실이 엄연한데도 그에 대한 기억이 왜곡되고 억압되어 온 것이지요.

이런 과정에서 '웹'을 통해 다시 소설이라는 장르가 '대중성'에 본격적으로 다가갈 수 있는 계기가 마련된 것은 사실 소설 장르 자체를 위해서도 잘된 일이라고 할 수 있습니다.

웹소설과 소설을 서로 대립되는 개념, 혹은 적대적인 개념으로 볼 때 주의해야 할 점이 하나 있습니다. 그건 웹소설의 새로움을 강조하는 과정에서, 소설을 보는 시각 자체를 왜곡시키는 점이지요.

가령 웹소설이 '소설과는 달리' 당대의 시사성을 강조한다거나 대중 독자와의 소통을 강조한다고 하는 논법은, 웹소설의 비교 대상으로 놓느라고 소설 자체를 왜곡시킨 시각의 결과물일 가능성이 있습니다. 원래 소설도 시사성이 강조되고 또 독자와의 소통이 강조되던 장르거든요.

그렇기 때문에 '종이'를 통해서 독자와의 소통과 시사성을 획득하는 소설의 방식과, '웹'을 통해서 그것들을 추구하는 웹소설의 방식을 비교할 수는 있겠지만, 소설이 아예 그런 성격을 갖고 있지 않았다고 하는 것은 착각에 가깝습니다.

소설과 웹소설의 관계는 생각보다 복잡합니다. 양자가 친연적이라고 보는 시각과 대립적이라고 보는 시각 중에 무엇이 더 사실에 가깝다고 정해 줄 수 있는 사람은 없지요. 앞으로 웹소설의 발전 과정에서 소설과의 친연성이 강조될지, 아니면 대립성이 강조될지도 확실하게 예측하기 힘듭니다.

하지만 웹소설의 새로움을 강조하려고 기존 소설의 개념을 너무 좁히지 않도록 주의하는 것은 필요하겠지요. 웹소설을 발전시키는 과정에서 기존 소설에서 배운 경험들, 그리고 그것을 통해서 정립된 이론을 활용할 수 있다면 그것은 웹소설을 쓰는 사람들에게도 분명히 도움이 될 일이기 때문에 그렇습니다.

Q. 웹소설과 소설은 적대적인 장르인가?

A. 웹소설과 기존 소설은 친연성이 강조되기도, 대립성이 강조되기도 한다.

A. 웹소설이 갖고 있는 '새로운 점' 중 상당수는 소설이 탄생했던 시절에 이미 갖고 있었던 것들이기도 하다. 따라서 두 대상을 균형 있게 접근하여 비교하는 것이 필요하다.

A. 하지만 소설에서 오랜 시간 만들어진 작가와 문단의 권위를 해체할 만한 계기를 웹이라는 환경이 만들었다고 할 수 있다.

3.
웹소설의 작가와
독자는 누구인가?

그렇다면 웹소설의 작가와 독자는 어떤 사람들일까요? 옛날 종이책을 통해서 소통하던 작가와 독자들이 '웹'이라는, 편리하고 더 큰 시장과 소통의 장을 제공하는 환경에서 다시 만난 것일까요? 아니면 웹소설의 등장과 함께 완전히 새로 탄생한 작가와 독자들일까요?

사실 웹소설의 작가와 독자들을 구성하는 집단은 여러 가지가 있습니다. 웹소설의 폭발적인 시장 발전에 따라 이전에는 소설이나 문학과 인연이 없었던 작가들이 이 업계에 뛰어드는 경우도 상당히 많으니까요.

또 최근까지는 게임이나 영화 등 멀티미디어성을 강하게 가진 매체를 통해서 예술작품을 소비하던 10대가 웹소설의 발전에 따라 다시 소설의 중요한 독자로 떠오르게 된 것도 무시할 수 없습니다.

반면, 현재 웹소설의 창작 활동을 하는 작가들 중에는 기성작가들도 많이 있습니다. 그렇기 때문에 자신을 '웹소설 작가'

가 아니라 '소설가인데 웹소설도 쓰는 사람'으로 규정하는 사람도 있고요(하지만 "아무리 잘나가는 소설가라도 웹소설을 쓰려면 새로 배워야 할 게 많다"는 명제가 업계에서 통용되는 것을 보면, 소설가와 웹소설 작가의 차이라고 할 만한 지점들은 분명히 존재합니다).

소설과 웹소설의 관계가 복잡한 것처럼, 소설가와 웹소설 작가의 관계도 역시 그러하다고 볼 수 있는 셈인데요. 어쨌든 웹소설 작가라는 집단을 구성하는 작가가 상당히 다양하게, 그리고 서로 이질적으로 존재한다는 사실은 웹소설에 대해 살피면서 꽤 중요하게 생각해야 할 변수입니다.

독자도 마찬가지겠지요? 장르소설의 독자가 그대로 웹소설 독자가 되는 경우도 당연히 많습니다. 예를 들어서 무협 장르의 경우, 기존 독자들이 도서대여점의 소멸과 더불어 해당 장르의 쇠락을 안타깝게 지켜보다가, 웹소설의 정착에 따라 또 한 번의 전성기를 맞게 된 무협 작품들을 반가워하며 웹소설의 열혈 독자가 되는 경우도 많습니다.

이렇게 기존 장르소설의 독자였던 분들이 웹소설의 독자층을 형성하면서 두드러지는 특징은, 이들이 40~50대 이상의 고연령층으로 상당한 구매력을 자랑한다는 사실입니다. 20~30대 독자들이 머릿수는 훨씬 많지만, 매출의 관점에서 접근하는 경우, 이 무협 장르를 중심으로 형성되어 있는 독자들의 비중은 그에 못지않은 수준이 되는 거지요.

이렇게 다양한 형태로 웹소설의 작가와 독자를 그려볼 수 있습니다. 또, 웹소설의 작가들이 자신들을 예술가의 일종으로 여기는지, 혹은 이전 시대 작가의 연장선에 놓고 있는지에 대해서도 여러 가지 생각이 있을 수 있겠네요.

이것은 웹소설 작가들이 자신의 작품에서 소위 예술성이라든가, 자기만족 등을 어떻게 생각하는지와도 연결되어 있지요. 독자도 마찬가지고요. 자신들이 예술작품을 읽는다고 의식하는 독자인지, 또는 그저 콘텐츠를 소비하고 있다고 여기는 독자인지도 다를 것입니다.

웹소설의 작가와 독자의 정체를 살피는 일은 따라서 다음과 같은 일들을 포함합니다. 하나는 그들이 웹소설이라는 것을 통해 처음 '소설', 혹은 '이야기' 장르에 접근한 사람들인가의 여부, 또 하나는 그들이 '웹소설'이라는 양식에 자신이 얼마나 깊숙이 관여해 있다고 생각하는지, 혹은 '웹소설'이라는 명칭이 자신의 작가나 독자로서의 정체성을 형성하는 데 얼마나 중요한 역할을 하고 있다고 생각하는지를 함께 살펴야 한다는 것입니다.

Q. 웹소설 작가와 독자는 새로운 존재인가, 기존 독자들이 이름만 바꾼 것인가?

A. 어차피 작가와 독자들의 집단은 불확정적인 존재이기 때문에, 두 가지 해석 모두 가능하다. 대신 이질성을 강조했을 때와 연속성을 강조했을 때의 장단점이 다양하게 존재하기 때문에 역시 균형 잡힌 접근이 필요하다.

Q. 웹소설 작가/독자가 새로운 집단이라면, 어떤 점에서 그러하다고 할 수 있나?

A. 웹소설 작가/독자는 웹을 통해 새로운 방식으로 작품을 쓰고 읽는다는 점에서 그러하다. 또 웹소설로 처음 '창작'을 시작하는 작가와 독자들도 많다.

자, 지금까지 웹소설이라는 대상에 얽힌 이야기들을 나눠봤습니다. 웹소설이 정확히 무엇인가, 또 관련 장르들과는 어떤 관계를 가지는가에 대한 정답은 없습니다. 이 책은 이에 대해 논점들을 보여주고 화두를 던져서 독자들에게 생각할 포인트를 제시하기 위함이지, 이에 대한 '정답'을 알려주려는 목적을 갖고 있지는 않습니다.

사실 이건 어떻게 보면 자연스러운 겁니다. 우리는 과연 '소설'은 무엇인지, '소설과 시의 관계'는 어떠한지에 대해서 명확한 답을 갖고 있었던 적이 있나요? 대상이 본질적이고 객관적으로 무엇인지를 확정하려고 하는 것보다는, 그것에 대해 고민할 때 어떤 논점들이 있는지, 무엇을 고민해야 하는지를 파악하는 것이 그 대상을 파악할 수 있는 더욱 좋은 방법이랍니다.

웹소설 작가는

무엇을 하는 사람인가?

이 제목을 본 독자들은 우스운 질문이라고 할지 모르겠습니다. 웹소설 작가는 당연히 웹소설을 창작하는 사람이겠지요.

하지만 그게 다일까요?

결론부터 말하면, 웹소설 작가가 하는 일은, 웹소설 이전의 소설가, 혹은 작가가 하는 일과는 그 범위가 다릅니다. 이 사실을 자각하는 것이 웹소설 작가로서 활동해 나가는 데 중요한 일이 되는 것은 두말할 필요가 없고요.

사실 이 점 때문에 이 챕터는 이 책 전체에서도 가장 중요한 부분을 차지하고 있다고 할 수 있어요. 이 책 자체가 '웹소설 작가가 할 일'에 대한 논의를 위한 것이니까요.

예전의 소설가와 비교하면, 웹소설 작가는 해야 할 일이 엄청나게 늘었다고 해도 과언이 아닙니다. 이건 사실 21세기의 창작 전반에서 벌어지고 있는 일이기도 합니다.

분업화가 되고 있는 시대에 그게 웬 말이냐고요? 보통 사회 발전에 따라 한 명의 사람이 할 수 있는 영역은 점점 줄어드는 게 맞지요. 하지만 창작에 있어서만큼은 그 말이 맞지 않는 것 같습니다.

이전 시대의 소설가라고 반드시 '창작'만 하는 것은 물론 아닙니다. 홍보를 하기도 하고, 작품을 어디에서 출판할지 고르기도 하고, 출판사와 협상을 하기도 했지요. 하지만 그런 일들은 모두 '소설가의 일'이 아니라고 여겼던 때가 있습니다.

작가에게는 예전부터 '아우라'라는 것이 있었고, 그 아우라와 관련하여 작가는 창작만 할 뿐, 유통이나 홍보에 개입하지 않는다는 불문율을 마치 원래부터 그런 것이기라도 한 것처럼 사람들은 믿어 왔지요.

'예술가'를 보는 시각은 시간이 지나면서 달라져 왔어요. 그런데 예술가는 작품 창작에 몰두해야 할 뿐, 트렌드를 따라가거나, 아니면 작품의 유통에 관여하면 안 된다는 마인드가 오랫동안 사람들의 머릿속을 지배했지요.

소설가를 예술가의 일종으로 보고, 소설가도 작품에 몰두할 뿐, 그 외의 과정에 대해서는 신경을 꺼야 한다는 불문율이 아직도 꽤 강하게 존재하고 있지요.

하지만 "나는 작가니까 작품 쓰는 것 외에는 아무것도 생각하기 싫어"라는 태도는 당연한 것도 아니고, 또 그다지 바람직한 거라고 할 수도 없어요. 예술가에 대한 생각도 많이 바뀌었고, 또 지금처럼 시시각각 매체와 유통 환경이 변하는 상황에서 작가가 거기에 대응하지 않을 수도 없으니까요.

예술가는 정치나 경제 등 소위 속물적인 것에 관심이 없어야 한다는 생각이 순수예술, 순수문학을 지탱했었습니다. 하지만 이런 생각은 상당히 오랜 시간에 걸쳐서 도전받았고, 이제는 많은 사람들이 그렇게 생각하지 않습니다. 특히 우리나라의 경우 예술과 현실을 대립항으로 놓는 경우가 많았지만, 이런 생각은 이제 많은 사람들에게 낡은 것으로 치부되기도 하지요.

웹소설 작가는 물론 예술가의 일종일 수도 있습니다. 하지만 관점을 바꾸어 보면, 웹에 게시물을 올리는 업로더일 수도 있고요, 또 자신의 작품을 플랫폼을 통해 직접 유통하는 출판 주체일 수도 있습니다.

따라서 웹소설 작가의 작업 범위는 좀 다양하게 생각해 볼 필요가 있습니다. 이 챕터에서는 이러한 관점에 따라 이야기를 풀어나가 봅시다.

Q. 웹소설 작가의 일은 한마디로 어떻게 다른가?

A. 한마디로 표현하자면, 작가의 작업 범위가 훨씬 넓어졌다는 점을 들 수 있다. 이것이 이 책의 주된 내용이기도 하다!

Q. 웹소설 작가는 여전히 예술가로서의 지위를 인정받을 수 있을까?

A. 받을 수 있다. 하지만 예술가에 대한 인식 자체가 바뀌고 있는 점을 유념해야 한다.

1
작가와 편집자 사이,
그리고 작가와 발행인 사이

웹소설은 기본적으로 작가가 작품을 직접 플랫폼에 업로드 합니다. 편집도 마찬가지지요. 작가에 따라서 문단을 나누는 방법, 행갈이를 하는 방법 등 다양한 일들이 작가의 개성으로 대두될 수 있습니다. 어떤 작가는 문단과 문단 사이를 한 행 띄우기도 하지만, 어떤 작가는 종이책 소설의 문단 모양을 고 집하는 경우도 있습니다.

CPcontents provider(이에 대해서는 조금 후에 자세히 이야기해 봅시다)업체에게 작가가 그런 일을 대행시키는 경우도 있지 만, 원칙적인 것이라고 보기는 어렵습니다. 대개의 경우 작품 이 CP업체의 눈에 띄어서 계약을 맺기 전까지는 작가 스스로 플랫폼에 업로드해서 유통됩니다. 계약을 맺어 작품에 편집 자가 정해지더라도 그것은 어디까지나 대행이며, 대행이 아 니라고 하더라도 작가와 편집자는 협업 관계를 유지합니다.

그러니까 웹소설의 작가는 작품 창작뿐 아니라, 자신의 작품 에 대한 편집자 역할도 해야 하고, 또 발행인의 역할도 해야 하는 거지요. 일반적으로 우리가 생각하는 '작가의 일'의 범위보다는 훨씬 넓지요?

상당히 많은 웹소설 작가가 자신과 플랫폼 사이에 CP업체를 두기는 하지만, 모두 그런 것은 아닙니다. 출판사가 거의 반드시라고 할 만큼 예외 없이 작가와 시장 사이에 개입하게 되는 종이책 출판의 사정과는 많이 다르다고 할 수 있지요.

웹소설이 유통되는 웹사이트/어플리케이션을 흔히 '플랫폼'이라고 부르는 것은 다들 아실 겁니다. 그리고 현재 웹소설 시장이 이 플랫폼들 중 유력한 몇 개를 중심으로 집중되어 있기도 하지요. 이 플랫폼들의 특성과 작가와의 관계에 대해 고민하는 것은 이 시대에 웹소설을 쓰고 읽는 사람들의 어쩔 수 없는 처지일 것입니다.

웹소설의 독자들 중에서는 문피아, 조아라 같은 플랫폼이 출판사의 역할을 한다고 생각하는 경우가 많은데, 사실 그건 정확하지 않은 생각이에요. 웹소설의 플랫폼은 자신들의 웹사이트를 꾸미기는 하지만, 책 하나하나에 대해 디자인을 해주거나, 편집을 하거나, 혹은 홍보를 하지는 않거든요.

오히려 웹소설의 플랫폼은 알라딘이나 예스24, 혹은 리디북스 같은 '서점'에 가까운 개념이라고 보아야 해요. 예를 들어 알라딘에서도 단일 책을 홍보하긴 합니다만, 그건 출판사와 같은 입장에서 홍보해주는 것은 아니지요.

또 웹소설의 플랫폼은, 스마트폰의 어플리케이션으로 치면, 소프트웨어 제작 회사가 아니라 구글 플레이스토어나 애플 스토어 같은 위치를 차지하고 있다고 보면 이해가 더 쉬울 겁니다. 플랫폼은 유통을 담당하는 곳이지, 원칙적으로 콘텐츠 제작에 관여하는 곳은 아니에요.

플랫폼마다 원고 형식이 다른데 무슨 소리냐고 할 수도 있겠지요. 하지만 그런 포맷을 제공하는 것은 콘텐츠 제작의 형식을 강제하고 유도하는 것일 수는 있지만, 그렇다고 제작에 직접 관여하는 것은 아니란 말이지요.

교보문고가 전자책EBOOK 판매 시스템을 만들기 전에는 전자책을 판매할 수 없었지만, 판매 시스템을 만들었다고 해서 전자책 제작까지 직접 해주는 것은 아니거든요. 제작을 한다면, 그것은 교보문고의 원래 업무가 아니라 그것과 관련된 사업을 따로 확장했다고 해야겠지요.

그렇기 때문에 만약 작가가 업체 등을 통하지 않고 직접 작품을 플랫폼에 연재한다면, 그 작가는 자기 작품의 편집자이기도 하고 발행인이기도 합니다. 해야 할 일이 많지요. 자, 이 '해야 할 일'들에 대해 구체적으로 이야기해 봅시다.

① 웹소설의 편집

일단, 플랫폼에 연재하는 웹소설을 기준으로 이야기해 봅시다. 플랫폼에 매회 연재하는 분량은 자유롭다고 생각할 수 있겠지만, 사실 그렇지 않습니다.

대개 웹소설의 유료독자들은 회당 100원을 내고 작품을 구매해서 감상합니다. 대개 25화까지 무료로 감상하고(단행본 한 권 정도의 분량입니다. 그 작품이 몇 권까지 연재가 되든, 첫 권 정도의 분량을 무료로 푸는 것이 관례화되어 있지요), 그 다음부터 한 화에 100원씩 내고 감상을 하게 되지요.

그런데 만약 오늘 올라온 한 화가 평소에 올라오던 다른 화에 비해 월등히 짧다면? 100원을 내고 구매한 독자 입장에선 화가 나겠지요? 그렇기 때문에 유료화를 기준으로 회당 길이가 몇 자 이상으로 정해지게 됩니다.

3,000자 이상을 업로드하도록 하는 플랫폼도 있지만(조아라의 경우입니다. 조아라는 시간당 이용권을 구매하는 시스템을 쓰기 때문에 회당 분량에 대해서는 관대한 편이지요. 어차피 시간으로 구매하지 한 회 한 회로 구매하지 않으니까요), 대부분의 메이저 플랫폼(네이버, 카카오페이지, 문피아 등)은 5,000자 이상으로 정해져 있습니다.

그러니까 5,000자 이상을 써야 유료로 결제할 수 있는 한 화 분량으로 인정받는다는 이야기지요.

그렇다면 모든 작가가 꼭 5,000자만 쓸까요? 그렇지는 않습니다. 작품의 흐름에 따라 어떤 화는 7,000자, 길게는 10,000자까지 끌고 가기도 합니다. 작품의 흐름도 흐름이지만, 초기 독자의 유입을 많게 하기 위해 일부러 분량을 늘이기도 하지요. 이건 사실 연재물 일반에서 통용되는 법칙이지요. 일본만화『슬램덩크』나『원피스』의 첫 화가 얼마나 길었는지 생각해 보세요!

이렇게 한 화당 독자에게 제공되는 분량을 조절하는 일이 '창작'의 영역에만 속한다고 할 수는 없습니다.

물론 5,000자를 쓰려고 하다 보면, 작가가 호흡이 길어져서 그 호흡에 맞추려고 5,500자가 되는 경우도 있고, 6,000자가 되는 경우도 있겠죠. 그런 분량 조절은 창작의 영역이라고 할 수 있을 겁니다.

하지만 그게 무조건 5,000자를 넘겨야 하기 때문이라면? 또는 독자의 독서(구매) 욕구를 자극하기 위한 전략적인 선택의 결과라면? 이런 분량 조절은 창작보다는 편집, 혹은 발행의 영역에 있다고 보아야 하겠지요.

이렇듯이, 웹소설에서 창작자와 편집자, 그리고 발행인의 작업 경계는 출판 소설에서보다 훨씬 더 흐려졌습니다. 한 화에 얼마만큼의 분량을 담을 것인가, 이전에는 그런 걸 크게 고민하지 않았지요. 신문연재소설이라면 작가도 분량을 고민했을 것입니다만(하지만 웹소설과는 달리 분량을 마음대로 늘이지는 못했을 겁니다. 신문 연재 지면은 제약이 크거든요), 이런 고민은 순수문학과는 구별되는 대중문학에서 벌어지는 예외적인 사정으로 취급받곤 했지요.

문단 모양과 폰트도 고려해야 할 기준입니다.

문피아나 조아라처럼 작가 스스로 계정을 만들어서 작품을 올릴 수 있는 플랫폼들은, 폰트의 모양이나 크기를 조절하는 기능을 편집기에 갖춰 놓기도 합니다.

그걸 만약 편집자를 고용하여 일임하지 않는다면? 무조건 작가가 해야죠. 사실 '일임'이라는 말에도 어폐가 있습니다. 원래 작가에게 제공되는 편집 기능을, 다른 사람이 활용하도록 대행을 시키는 거지요. 편집자가 할 일을 작가가 대신하는 게 아니라, 그냥 작가가 하게 되어 있다고 보는 게 맞겠지요. 종이책 소설을 기준으로 웹소설의 사정을 보고 판단할 필요는 없으니까요.

어떤 작가들은 굵직하고 선이 굵은 고딕체를 선호하기도 하고요, 어떤 작가들은 명조체를 즐겨 사용하기도 해요. 무협 장르의 작가들은 명조체나 궁서체를, 현대판타지의 작가들은 고딕체를, 그리고 로맨스 작가들은 물결체 같은 귀여운 폰트를 선호하는 경향이 있다고들 하더군요.

하지만 보다 중요한 건, 작가가 자신의 작품의 특징을 내세우는 데 있어서 (옛날에는 작가 개성의 전부로 여겼던) 문체뿐 아니라 이런 폰트 모양도 신경 쓰고 있다는 사실이겠죠? 작가가 자신의 개성을 드러내는 방법에는 여러 가지가 있습니다. 그리고 그 개성은 흔히 그 작가의 '트레이드마크'가 되기도 하지요.

그렇기 때문에 웹소설 작가가 소설가와는 달리 편집자와 발행인의 일을 이어받았다고 해서, 일이 많아졌다고 꼭 불평할 상황은 아닙니다. 작가가 자신의 존재감과 영향력을 드러낼 분야가 더 많아졌다고도 할 수 있는 것이니까요.

문단도 마찬가지입니다. 웹소설의 문단 나누기가 종이책으로 출판되는 소설과는 다르게 이루어지는 것을 잘 알고 있을 겁니다. 여기에서도 작가가 창작 외의 요소로서 개입할 여지가 생기지요.

어떤 작가는 문단＝문장으로 접근하기도 합니다. 문장이 바뀔 때에 무조건 문단도 나누어 버리는 거지요. 그리고 더 나아가서, 문단과 문단의 사이를 들여쓰기(문단의 첫 부분을 한 칸 내지 두 칸 들여 쓰는 것)로 구분할지, 아니면 문단과 문단 사이를 한 행 띄워서 구분할지를 작가가 결정해야 합니다.

플랫폼이 문단 나누는 방법을 정해 놓고 작가에게 강요하는 경우는 적습니다. 결국 작가가 고민해서 자신의 문단 나누는 방법, 그리고 문단의 모양이나 스타일을 결정해야 하지요.

이런 식으로, 종이책에서는 편집자가 주로 할 일, 그리고 발행인이 개입할 일들이 웹소설 작가의 손으로 상당 부분 넘어왔습니다. 이는 디지털 매체를 통한 예술에서 창작자creator가 할 일이 많아진 것과 추세를 같이하는 일이기도 합니다.

신카이 마코토는 〈너의 이름은〉을 만든 일본의 유명한 애니메이션 감독이지요. 물론 애니메이션은 고도의 분업화가 이루어진 분야이기도 합니다만, 그렇다고 분업화 때문에 크리에이터들이 개입할 수 있는 분야가 더 줄어든 것은 아닙니다.

신카이 마코토는 엄청난 퀄리티의 콘티(영화나 드라마 촬영을 위해 각본을 바탕으로 한 모든 상황을 기록한 것 — 그림을 직접 그려 넣는 경우가 많음)를 만들어내는 능력을 가지고 있고요. 그의 초기 대표작인 〈초속 5센티미터〉에서 그가 직접 담당한 제작 프로세스가 상당히 많습니다.

물론 이것은 신카이 마코토의 개인적인 역량과 재능 덕분이기도 합니다. 하지만 멀티미디어와 그 제작 툴의 발달로 한 사람이 여러 영역에 걸쳐 능력을 발휘할 수 있는 조건과 환경이 마련되었기 때문에 가능한 일이었다는 사실도 부정할 수는 없지요.

Q. 웹소설 작가는 편집에도 관여하나?

A. 그렇다. 웹에 직접 올리기 때문에 편집툴에 맞추어 직접 하는 것이 원칙이다.

A. 문단 모양, 폰트, 한 화의 분량 등 여러 요소를 작가가 직접 결정한다. 종이책에서는 편집자의 영역이었지만, 이제는 작가가 직접 결정한다!

② 웹소설의 발행과 유통, 그리고 기획

작품이 책으로 묶이는 과정에서, 혹은 작품이 상품으로 출시되어 유통되는 과정에서, 발행인이 하는 일은 어떤 것들이 있을까요?

우선 '기획'이라는 것을 들 수 있습니다. 모든 콘텐츠는 사실 기획의 과정을 거칩니다. 작가도 기획을 하고, 또 출판사의 발행인도 기획을 하지요. 기존의 소설에서는 이 기획의 과정이 상당히 간과된 면이 있습니다. 유독 소설에서만 말이죠.

'영감'이라는 건 작가에게 그냥, 저절로, 혹은 예고 없이 찾아오는 거라고 생각되어 온 경향이 있지요. 그냥 쓰고 싶은 게 생기면 쓰고, 아이디어가 생기면 쓰고, 하는 거라고 생각해 온 거예요. 이것은 소설 창작을 예술 창작의 하위 활동이라고 생각해 온 맥락과 상당히 관련이 있는 건데요.

예술 작품은 기획에 의해서가 아니라 영감에 의해서 구상된다는 생각이 굉장히 오랫동안 이어져 왔어요. 그래서 트렌드를 살피는 것, 독자의 취향을 고려해서 거기에 맞춰 작품을 창작하는 것은 소설에서 금기인 것처럼 생각되어 왔습니다.

독자 대중의 기호에 맞추는 게 아니라, 자기가 쓰고 싶은 것을 쓰는 것이 '순수문학'이고 '고급문학'이라고 생각해 왔기 때문이지요. 그리고 성공적인 사례도 많습니다. 예술가들은 자신들의 작품을 통해서 새로운 문법과 장르를 제시하기도 하니까요.

일본의 하루키나, 영국의 톨킨 같은 작가들은 자신이 새로운 장르를 개발한 거나 다름없지요. 독자의 취향에 맞춰서 작품을 창작한 게 아니라, 독자의 취향이 이 작품들 때문에 생겨 났다고 할 수 있습니다. 이것은 작가로서 상당히 영예로운 일 이기도 하지요.

그렇기 때문에 고집스럽게 자신의 스타일을 개발하고, 기존 의 장르가 갖고 있는 문법을 참고하지 않거나, 참고하더라도 그것을 따르지 않으려고 노력하는 것은 충분히 작가로서 노 려봄직한 태도이기도 합니다.

하지만 이게 전부일까요? 기존 장르를 더 탄탄하게 하려는 노력도 작가 정신의 일환으로 인정해 줄 수 있을 겁니다. 예 전에는 이런 작업은 발행인에게 맡겨 두었는데요. 출판사의 기획은 어떤 작품에 대한 수요가 있는지, 어떤 책을 독자들이 기호적으로 좋아하는지 살피는 것이라고 생각되었지요.

그래서 기획은 마치 출판사, 또는 발행인의 전유물이라고 생각하는 면이 있었습니다. 어떻게 해야 독자에게 인기를 끌 수 있는지 고민을 하는 것이 출판사와 발행인의 독자적인 영역이라고 생각해 온 사람들이 있었습니다.

사실 최근에도 저는, 책의 제목에 대해 고민하고 있는 저자에게 "왜 그걸 작가가 고민하고 있어? 출판사 사장이 고민할 문제지!"라고 위로해주는 SNS 상의 대화를 본 적이 있어요. 그 저자는 소설가는 아니었지만, 소설을 포함한 종이책 출판계에서 아직도 폭넓게 통용되는 생각이지요.

하지만 이제는 그렇지가 않지요. 어차피 웹소설이 대중지향적이기도 하고, 거기에다가 시장의 규모가 엄청나게 커졌기 때문에, 많은 작가들이 독자의 취향과 시장의 동향을 적극적으로 살피게 되었습니다.

시기에 따라서, 그리고 플랫폼에 따라서 독자의 수요는 변화하는데, 그것을 분석하고 예측하는 일이 작가에게도 중요한 작업이 되었다는 말이지요. 출판사에게만 그 일을 맡겨 두지 않는 거죠. 또 CP업체들도 그 일을 작가의 권한으로 인정해주는 분위기가 되었다는 것을 파악할 필요가 있습니다.

자, 그럼 웹소설 작가가 할 수 있는 기획 작업에 어떤 게 있는지 생각해 봅시다.

Q. 웹소설도 '기획'의 산물인가?

A. 예술적 영감이 저절로 찾아온다고 생각하던 시절도 있었지만, 독자의 취향과 시장의 동향을 살피는 웹소설에서 기획은 중요한 과정이다. 그리고 이 '기획'도 웹소설에서는 원칙적으로 작가의 몫이다.

현재 독자들에게 인기 있는 장르의 작품을 골라서 창작을 하는 것이 가장 기본적인 기획이지요. 웹소설의 유행은 상당히 민감하게 변한답니다. 웹소설의 작가들 중 자신이 원하는 작품을 창작하는 경우는 많지 않습니다. 오히려 급변하는 인기작들의 인기 요인을 분석하고, 그런 요소를 공유하는 작품을 만들려고 하는 작가가 많은 편이지요.

다른 장에서 장르와 관련된 트렌드를 다루겠습니다만, 현재의 트렌드가 어떻게 변화할지를 명확하게 예측하는 것은 쉬운 일이 아니죠. 따라서 작가들은 항상 독자들의 수요를 세심하게 관찰해야 합니다.

이것은 이전 시대의 '순수소설'을 쓰던 작가들은 열심히 하려고 하지 않던 일입니다. 아니, 오히려 해서는 안 된다고 생각했었지요. 독자들의 요구를 지나치게 많이 반영하는 것은 예술가로서의 태도가 아니라는 믿음이 오래 유지됐으니까요. 대신 발행인에게 이런 일들을 맡겨 놓았지요. 하지만 지금은 다릅니다. 작가들은 여러 채널에서 커뮤니티를 만들고, 열심히 자기들끼리 협의를 합니다.

웹소설 독자들의 취향 트렌드를 정리하는 일은 따라서 상당히 지속적으로, 그리고 부지런하게 이루어져야 할 것입니다. 작가들이 블로그, 웹사이트, 플랫폼 등의 비평란이나 추천란을 보아 가면서 독자들의 성향 변화를 민감하게 모니터링해야겠지요.

어떤 내용의 작품을 쓸지, 어떤 장르의 작품을 쓸지 결정하는 주체가 작가라는 점은 자명합니다. 이런 작가의 결정에 독자의 수요와 취향이라는 새로운 변수가 크게 영향을 끼친다는 점이 웹소설의 중요한 특징이겠지요.

Q. 웹소설에서 장르를 결정하는 것은
중요한가? 장르의 문법을 반드시
따라야 하나?

A. 독자의 취향과 시장의 동향에
맞추어 장르를 정하는 것은 대부분의
웹소설 작가에게 중요한 일이다!

A. 웹소설은 기획 단계에서 장르를
먼저 정하는 경우가 많지만, 창작
과정에서 새로운 장르가 생겨나는
경우도 얼마든지 있다.

웹소설 작가가 해야 할 기획에는 또 어떤 게 있을까요? 플랫폼을 결정하는 것도 상당히 중요합니다. 웹소설 플랫폼에도 여러 가지가 있고, 그에 대해서는 조금 후에 자세히 소개를 하겠지만, 당연히 플랫폼마다 특성도 있고 독자의 성향이나 취향도 다릅니다.

가령 문피아 같은 경우는 무협 장르가 강하다면, 조아라는 로맨스 장르가 강하다는 것 같은 플랫폼의 특성에 관한 정보를 작가 입장에서는 수집해야 합니다. 구상 과정에서 창작할 작품의 장르와 대략적인 줄거리를 정했다면, 앞서 수집한 정보에 따라 어떤 플랫폼이 최선일지 고려해볼 수 있겠지요. 그에 따라 어떤 플랫폼에서 어떤 작품을 발표할지를 결정할 수 있습니다.

CP업체들과 계약을 맺었다면 어떤 장르를 쓸지, 그리고 어떤 플랫폼에 업로드할지 의논하는 경우가 있습니다. CP업체가 직접 정해주기도 하지만, 작가의 의견을 충분히 반영하려는 업체들도 많습니다. 이때 작가가 현재 인기 있는 장르와, 그에 걸맞은 플랫폼에 대한 지식을 갖고 있는 것은 상당히 유리하게 작용됩니다.

이 과정에서 발행인, 기획자의 역할은 작가도 할 수 있고 CP 업체도 할 수 있습니다. 즉 해당 역할을 작가와 업체가 서로 협의해서 분담해야 하는 상황이 마련되는 것이죠. 이것은 일반적으로 종이책 시절의 소설 창작 과정에서는 그다지 두드러지게 나타나지 않던 현상입니다.

플랫폼에 있는 독자의 성향도 중요하지만, 또 중요한 것은 플랫폼의 수익 배분 구조와 시스템입니다. 플랫폼마다 작가에게 수익을 나누어 주는 구조는 미묘하게 다릅니다. 최근에는 5,000자 이상으로 이루어진 한 화에 100원이라는 가격을 매기는 게 일반화되었습니다. 100원을 내고 한 화를 독자가 구매했을 때, 플랫폼과 작가가 그 금액을 어떻게 나눌 것인가의 정책은 대부분 플랫폼이 정합니다.

따라서 해당 플랫폼에 연재한다는 것은, 곧 그 플랫폼의 수익 배분 정책에 동의한다는 것을 뜻하는 것이기도 합니다. 결국 이에 대한 지식을 쌓아 두는 것은 작가의 수익과도 직결되는 꽤 중요한 문제가 되겠습니다.

저도 플랫폼에 처음 연재했을 때에는 이런 공부를 전혀 하지 못하고 시작했습니다. 첫 작품에 대한 인세가 어떤 비율로 들어오는지, 또 언제 정산이 되는지, 그리고 해당 플랫폼의 과금 시스템이 어떻게 독자의 독서에 영향을 미치는지 전혀 파악하지 못한 상태에서 작품을 연재했지요.

정산을 받고 나서야 수익 배분의 비율을 알았고, 또 얼마 지나서 과금 시스템에 대해서도 명확하게 알게 되었습니다. 그리고 그 과금 시스템이 독자들의 성향을 결정하는 변수가 된다는 사실에 대해서도요.

많은 웹소설 작가들이 플랫폼에서 제시한 배분 시스템에 대해 사후적으로 토의를 해 나가면서 의견을 제시하고 집단행동을 하고 플랫폼을 옮기는 등의 대응 방안을 마련해 나가는 과정을 거쳤습니다. 그런 작가들의 노력 덕분에 배분 시스템이 작가의 일에 영향을 미친다는 사실이 지식으로서 공유될 수 있었지요.

예를 들어 보지요. 조아라의 경우는, 시간당 정액제를 사용하고 있기도 합니다. 마치 예전의 만화가게처럼, 일정 금액을 내면 시간제한이 있는 자유이용권을 구매하는 게 됩니다. 만약 한 시간짜리 이용권을 구매했다면, 그 시간 동안 어떤 독자는 10화를 읽기도 하고, 또 어떤 독자는 30화를 읽기도 하겠지요. 독자의 읽는 속도에 따라 달라지는 겁니다.

한 화 한 화를 따로 구매하는 게 아니기 때문에 5,000자 이상이라는 조건도 굳이 달 필요는 없습니다. 한 화당 100원이라는 정해진 금액을 낸 독자라면 그렇게 구매한 작품이 기준보다 짧으면 화를 내겠지요. 하지만 자유이용권을 끊은 독자는 이용시간이 지나기 전이라면 곧바로 다른 작품을 볼 수 있기 때문에 화를 낼 이유가 없습니다.

그래서 본인이 연재하고 싶은 작품의 호흡이나 템포에 따라 플랫폼을 정하는 것도 가능한 일이 되지요. 또한 플랫폼에 연재를 하면 자동으로 독점계약이 이루어지는 경우도 있기 때문에, 작품의 유통과 관련해서 나중에 예상치 못한 제약을 받기 싫으면 플랫폼에 대한 지식을 더더욱 알아 두어야 할 필요가 있습니다.

Q. 플랫폼 선택은 웹소설 창작에 있어서 중요한 일인가?

A. 매우 중요하다! 플랫폼마다 독자의 주된 성향, 작품의 유통 방식, 수익 방식 등이 상이하기 때문이다.

A. 그리고 플랫폼의 시스템은 실제 창작과 연재에도 영향을 미치게 된다.

그 다음 언급해야 할 발행인으로서의 일은 표지와 일러스트 관련 작업입니다. 플랫폼에 연재할 때 웹소설은 일반적으로 단행본과 비슷한 외형을 띠지는 않습니다. 오히려 인터넷 게시물에 가까운 모양을 하고 있지요. 책으로 묶기 전의 형태로, 그리고 일반적인 인터넷 게시물의 형태로 연재가 됩니다.

하지만 그렇다고 표지가 없는 건 아닙니다. 웹소설은 게시판을 생성해서, 그 게시판에 게시물을 업로드하는 형태로 연재가 됩니다. 그렇기 때문에 독자가 작품을 선택하는 것은, 사실 게시판을 선택하는 형태로 이루어집니다.

제목을 들어본 적이 없는 작품이라도, 그리고 내용을 전혀 모르는 작품이라도 책의 표지가 아름다우면 한번쯤은 손에 들어보고 펼쳐볼 가능성이 높아지기 마련입니다. 웹소설의 게시판은 일러스트를 포함하고 있습니다(사실 일러스트가 웹소설의 매출에 끼치는 영향은 생각보다 큽니다!).

표지가 책의 얼굴 역할을 하듯이, 웹소설에서도 표지가 게시판의 얼굴, 그리고 작품의 얼굴 역할을 하는 셈이지요. 그렇기 때문에 작가는 표지를 만드는 데 신경을 기울일 수밖에 없습니다.

플랫폼마다 기본적으로 제공하는 표지가 있고, 일러스트 대신 문자로 이루어진 표지가 있기도 합니다만, 그래도 표지가 없는 웹소설을 찾기는 어렵습니다. 보통 자리를 잡은 작가들은 연재를 시작할 때에도 그 작품을 위해 따로 마련한 일러스트가 들어간 표지를 제시하는 경우가 많습니다.

처음 연재를 하는 작가의 작품이거나, 기성작가의 작품이라도 무료연재부터 독자의 반응을 찬찬히 살피면서 연재를 진행하는 작품의 경우에는, 기본 표지를 사용하기도 합니다. 작가에 따라서는 표지의 중요성을 강조하는 사람도 있고, 또 그렇게 생각하지 않는 사람도 있습니다.

그러나 어느 쪽이든, 어떤 표지를 작품에 넣을지 선택하는 것은 이제 작가에게 있어서 중요한 선택지가 되었습니다. 표지를 만드는 것은 사실 종이책 시절에는 출판사의 중요한 업무였지요. 하지만 이제는 그런 발행인의 업무를 작가가 자신의 중요한 일로 갖고 온 것이라고 할 수 있습니다.

표지에 일러스트가 들어가는 것도 중요하지만, 작품 한 화 한 화마다 일러스트가 들어가는 경우도 많습니다. 이른바 '삽화'라고 불리는 것이지요. 네이버 웹소설의 정식 연재 작품들은 매회마다 표지 일러스트 한 장, 그리고 삽화 일러스트 한 장이 들어가지요.

일러스트 한 장을 그리는 데에는 꽤 높은 비용이 들어갑니다. 그리고 하루에 한 장씩 그리도록 하려면 전속계약까지는 아니더라도 일러스트레이터에게 상당한 대우를 보장해 줘야겠네요. 그러다 보니 어느 정도 자리를 잡고 매출을 올리고 있는 작품이나, 네이버 등 플랫폼 관계자들의 심사를 통과한 작품이 아니면 이런 식으로 일러스트를 사용하기 어렵겠지요.

작가로서 이 정도의 규모로 작품을 런칭할 수 있는 수입을 목표로 하는 것은 자연스러운 일입니다. 제가 아는 웹소설 작가는 협업하게 된 일러스트레이터와의 인연을 자신이 인기 작가가 되는 데 중요한 계기로 손꼽기도 합니다.

CP업체를 통해서든, 플랫폼을 통해서든 작가는 일러스트레이터의 포트폴리오를 보고 자신의 작품에 맞는 사람을 선택하는 경우가 많습니다. 그렇게 해서 인연을 맺은 일러스트레이터가 당시로서는 무명이었으나, 그림체 자체가 독자에게 인기를 끌고 또 새로운 독자들을 유입하는 중요한 요소가 되었다는 사연이지요.

물론 신문연재소설에서도 삽화는 꽤 중요한 역할을 차지했었지요. 하지만 작가보다는 신문사가 삽화가를 정하는 경우가 압도적으로 많았고, 삽화의 중요성도 지금만큼 주목받지 못했어요.

지금 일러스트가 중요한 역할을 하게 된 것은, 웹이 가지고 있는 매체성과도 연관이 깊습니다. 하이퍼텍스트, 작가와 독자의 상호작용 등도 매체의 중요한 특성이지만, 멀티미디어적인 요소도 웹 콘텐츠의 중요한 속성이거든요.

웹 콘텐츠로는 웹소설 외에 웹툰이나 온라인 게임, (유튜브용 콘텐츠 같은) 웹 동영상을 들 수 있겠지요. 물론 웹소설은 다른 웹 콘텐츠에 비해서는 멀티미디어적 요소가 상당히 적게 들어 있는 편이긴 합니다. 하지만 그렇다고 웹소설의 독자들이 멀티미디어적 요소에 대한 욕망을 전혀 갖고 있지 않은 것은 아니거든요. 그렇기 때문에 일러스트가 웹소설에서 차지하는 비중은 생각보다 더 크다고 할 수 있겠습니다.

Q. 웹소설에는 일러스트가 많은데, 독자 유입에 얼마나 영향을 미치나?

A. 생각보다 영향력은 큰 편이다. 멀티미디어가 중요한 웹 콘텐츠 시장이기 때문에, 콘텐츠의 얼굴 역할을 하게 된다.

플랫폼들은 상당한 매출을 올리고 있습니다. 그렇기 때문에 관계자가 아닌 사람이 보기에 사소한 이벤트, 혹은 프로모션이라도 매출에 상당한 영향을 미치는 변수가 되기 쉽죠.

그래서 플랫폼에서 주최하는 이벤트는 날이 갈수록 다양해지고 있습니다. '너만무'(너에게만 무료) 같은 프로모션 이벤트는 작품의 매출에도 상당히 긍정적인 영향을 미치는 이벤트입니다.

따라서 이런 이벤트 대상에 선정되려고 노력을 하는 작가들이 절대적으로 많습니다. '네이버 시리즈'에 연재를 한다면 '너만무'는 상당히 매력적인 이벤트인 것이지요.

작가 입장에서는 플랫폼에 작품을 런칭하는 데에만 신경 쓰는 게 아니라, 어떤 이벤트에 어떤 방식으로, 또 어떤 시기에 참여할지에 대해서도 고려해야 하겠지요. 가령 작품의 연재 시작과 동시에 '너만무' 이벤트에 참여할지, 아니면 작품을 어느 정도 진행시킨 다음에 이 이벤트에 참여할지에 따라 독자들을 유입시키는 흐름이 달라지겠네요.

문피아에는 '연참대전'이라는 것도 있습니다. 이건 프로모션이라기보다는 말 그대로 '연참'(연속적으로 작품을 많이, 그리고 자주 올리는 일)에 도전하는 이벤트인데요. 이벤트 페이지가 따로 생기고, 거기에 이벤트 참여 중인 작품들의 목록이 뜨기 때문에, 그것을 통한 홍보 효과도 챙길 수 있습니다. 그리고 연참에 성공하면, 성공했다는 일종의 '트로피'도 주어져서 타이틀 옆에 장식되지요.

'너만무'나 '연참대전'이나 이벤트의 성격은 다르지만, 결국 플랫폼 상의 수많은 작품 중에 독자에게 노출되는 정도를 높이는 효과를 볼 수 있는 이벤트입니다. 하지만 이런 이벤트에 참여하는 것은 별도로 마련되는 심사를 통과한다거나, 혹은 정말로 에너지 소모와 리스크를 감수하며 최선을 다해 이벤트를 성공적으로 마쳐야 한다는 과제가 주어지는 일입니다.

그렇기 때문에 작가 입장에서는 이런 이벤트의 성격을 고려하여 자신의 작품을 잘 '운영'해 나가야 합니다. 작품을 그냥 기계적으로 올리는 것도 아니고, 또 작품이 런칭되고 난 다음이라고 해서 이벤트를 포함한 플랫폼의 정책으로부터 완전히 눈을 돌리는 것도 아닙니다.

플랫폼의 정책 변화, 그리고 이벤트와 지속적으로 발을 맞춰서 전진해 나가야 할 필요가 있지요.

Q. 플랫폼에서 진행하는 이벤트는 실제로 작가에게 도움이 되는가?

A. 모든 이벤트가 도움이 되지는 않지만, 많은 경우 단기적인 홍보 효과를 보인다. 따라서 플랫폼의 특성과, 이벤트의 성격을 수시로 잘 파악하는 것이 좋다.

이제 웹소설 공모전은 상당히 자주 개최되는 행사가 되었습니다. 중요 플랫폼들이 너도나도 연중행사처럼 공모전을 개최하고 있지요. 사실 이제는 연중행사라는 말도 별로 어울리지가 않네요. 왜냐하면 여러 플랫폼들이 일 년에 한 번이 아니라 여러 번 여러 가지 컨셉을 시도하면서 다양한 공모전을 개최하고 있거든요.

웹소설을 쓰는 사람이라면 예비작가, 기성작가를 가리지 않고 4대 플랫폼에서만 최소한 일 년에 다섯 번 이상의 공모전에 참여할 수 있는 기회가 있습니다. 이 정도로 자주 공모전이 열린다는 것은, 그만큼 웹소설의 성장세가 무섭다는 이야기이고, 또 시장 자체가 크다는 것을 의미합니다.

작품을 한 편 구상했다고 합시다! 그 작품에 대해서 작가가 가지는 애정이란 이루 말할 수 없겠지요. 그리고 거의 모든 작가는 자신의 작품이 반드시 성공하기를 바랄 겁니다. 그런데 이 공모전 때문에 벌써 중요한 선택지가 생겼네요.

곧바로 작품 연재에 들어갈지, 아니면 수많은 플랫폼에서 수시로 개최하는 공모전에 참여할지 고민을 할 수밖에 없습니다. 최근 공모전이 많아지고 그 상금도 어마어마하게 높아지면서, 이런 고민을 하는 작가가 과반을 넘었다고 해도 과장이 아닙니다. 게다가 공모전에 독자들이 관심을 쏟고, 관계자들 또한 주목을 하다 보니, 공모전의 순위권에 들어가는 것 자체가 상금과 상관없이 엄청난 홍보 효과를 가지기도 하지요.

작품을 공모전 참여작으로 낼 것인가, 또는 공모전과 상관없이 연재할 것인가는, 따라서 작품의 기획 과정에서 가장 중요하게 결정해야 할 사항이기도 합니다.

제 경험을 공유하자면, 공모전에 참여하지 않기로 결정했지만, 결국 연재를 시작하는 '런칭 날짜'는 CP업체 담당자와 협의하여 공모전이 끝난 이후로 미룬 적이 있습니다. 공모전 기간에는 정말 엄청나게 많은 수의 작품들이 업로드되거든요.

플랫폼의 작품 목록 첫 페이지에 작품의 제목이 오래 머무는 것이 독자를 모으는 데 꽤 중요합니다. 그런데 공모전 때에는 수많은 작품이 올라와서 작품 제목이 금방 다음 페이지, 또 그 다음 페이지로 밀려버려요. 그러니 공모전에 참여하지 않으면서 공모전 기간에 새 작품을 런칭하는 건 별로 현명한 선택이 아니지요.

이렇게 공모전은 공모전에 참여하지 않는 작가에게도 영향을 미칠 정도로 중요한 변수입니다. 하물며 공모전에 참여하기로 했다면, 공모전의 시스템에 대해서 여러 가지로 고민해 봐야 한다는 것은 당연한 일이 되겠지요.

공모전은 당연히 플랫폼의 특성과 독자 성향에 맞추어서 진행되는 경우가 다수겠지요. 하지만 반드시 그런 것은 아니에요. 가령 '로맨스' 장르에서 상대적으로 약한 플랫폼이 그런 이미지를 불식시키기 위해 로맨스 공모전을 여는 사례도 심심찮게 발견되거든요.

이런 경우는 문피아에서 무협이나 현대판타지 공모전을 여는 것이나, 조아라에서 로맨스판타지 공모전을 여는 것과는 전혀 다르지요. 심사위원들이 어떤 기준으로 당선작이나 수상작을 선정할지 모르거든요. 게다가 웹소설 공모전은 독자들의 조회수가 중요한 배점을 차지하기 때문에 해당 플랫폼의 기존 독자들이 자신들에게 낯선 장르의 작품에 어떻게 반응할지도 따져야 해요.

그렇기 때문에 공모전에 참여하는 것, 그리고 참여해서 좋은 성적을 올리기 위해 노력하는 것은 고전적인 의미에서의 '창작'보다는 '기획'에 가까운 행위가 되는 거지요. 그리고 상금, 혹은 등단을 위한 것과는 구별이 되는 일이라는 것을 반드시 알아둘 필요가 있습니다.

지금까지 몇 가지 사례를 들어 보았는데요. 웹 상에서 지속적으로 연재되는 작품은, '운영'되어야 하는 요소를 많이 갖고 있습니다. 어떤 때에는 이벤트에 참여하기도 하고, 어떤 때에는 연재의 주기를 조정하기도 하는 등 웹소설 작가는 운영과 기획 일에 적극적으로 참여해야 합니다. 웹소설 작가가 되기 위해서는 상당히 바빠질 각오를 해야 하기도 하지요!

Q. 공모전으로 연재를 시작하는 것은 실질적으로 도움이 되는가?

A. 작품의 연재를 공모전으로 시작할지, 일반연재로 시작할지는 웹소설 작가에게 중요한 선택 사항이 되었다. 공모전의 성격과 목적을 파악하여 수상 가능성이 있다면 확실히 도움은 된다.

A. 자기 작품의 장르, 타깃층을 고려하여 선택해야 한다. '로맨스' 공모전이라고 해도 실질적으로 어떤 종류의 로맨스 작품을 원하는 공모전인지를 면밀하게 살핀 후 참여할 것!

Q. 나는 공모전에 관심이 없는데?

A. 공모전에 참여하지 않는다 해도, 공모전이 있을 때 일반연재를 시작하는 것은 권장하지 않는다. 일반연재 조회수에 상당히 부정적인 영향을 미치기 때문이다.

2
웹소설 작가와
고유성/독창성의 문제

'고유성'originality은 예술에서 꽤 오랫동안 중요한 위치를 점했던 미덕이지요. 고유성, 독창성이 문학예술에서 필수적인 덕목이 된 것은 낭만주의 이후이지만, 이런 문예사조에 대한 설명은 이 책의 목적과는 다르니 생략하겠습니다.

어쨌든 낭만주의 이후 약 200년이 넘는 시간 동안 작가와 작품의 가치를 논하는 데 있어서 독창성은 중요한 문제였습니다. 다른 작품과 비슷하다거나, 다른 작가의 냄새를 풍기는 것은 무조건 피해야 할 것으로 여겨졌지요.

하지만 웹소설에 있어서는 어떨까요? 웹소설에서는 장르의 문법을 중요하게 따지는데요, 장르의 문법을 따르다 보면 그만큼 독창성을 지키는 데에는 어려움이 발생합니다.

반드시 반비례 관계라고는 할 수 없다고 해도, 결국 장르의 문법은 해당 장르에 속해 있는 작품들끼리의 공통점을 강화하는 요소이니까요. 완전히 장르가 다른 작품보다 같은 장르에 속한 작품끼리 비슷한 점이 더 많은 것은 달리 설명할 필요가 없겠지요.

제가 웹소설을 쓰면서 느낀 것은, 장르문학이 가지고 있는 이러한 특성 때문에, 또 21세기의 콘텐츠를 보는 시각 때문에, 웹소설에서 독창성을 예전만큼 추구하기는 힘들어졌다는 사실입니다.

실제로 CP업체와 작품을 논의하는 과정에서도, 인기가 많은 모티프를 사용하는 것을 필수적인 요소로 여기지, 독창적인 부분을 찾아내는 것을 중요시하지는 않는다는 것을 많이 느끼게 됩니다. 가령 '회귀'라는 것은 최근 몇 년 동안 웹소설에서 가장 중요한 모티프이지요. '회귀물'은 웹소설을 읽고 쓰는 사람이라면 누구나 제일 먼저 주목하는 장르라고 할 수 있습니다.

그런데 회귀가 너무 많은 작품에 쓰이고 있으니 쓰지 말라고 작가에게 권하는 CP업체나 선배 작가들이 있다는 소리는 아직 들어보지 못했습니다. 아마 회귀물을 쓰지 말라고 말리는 경우가 생긴다면, 그건 그 인기가 시들해졌을 때이겠지요.

'식상함'은 비슷한 작품을 많이 보다 보면 생기는 것이긴 하지만, 식상함이 반드시 독창성의 반대말인 것은 아니지요. 왜냐하면 독자가 식상함을 느낀다는 징후가 없으면, 계속 그 장르를 쓰라고 종용할 테니까요. 식상함을 느낀 독자들을 보고 새로운 내용을 구상하는 독창성을 발휘할 수도 있지만, 독자들이 여전히 그 장르에 대한 지지를 보인다면 독창성을 발휘하는 것과는 반대로 보이는 창작 행위를 할 수도 있는 것이니까요.

고유성, 독창성을 웹소설에서 추구하기 어렵게 된 것도 사실이지만, 애초에 그것이 예전만큼 중요하게 취급되지 않는다는 것도 논의해야 할 사안입니다.

예술에서 "독창성을 근본적으로 추구하는 것이 과연 가능한가?"라는 문제가 제기된 것은 이미 오래되었고요. "과연 새로운 것이 좋은 것인가?"라는 의식도 강해졌지요.

리메이크 작품, 번안 작품, 그리고 혼성모방pastiche 작품 등이 이제 '명작' 소리를 듣는 상황에서, 독자들은 과연 독창성과 새로움을 얼마나 중요한 요소로 보는가에 대해 진지하게 고민할 때가 됐지요.

〈어벤저스〉, 〈스파이더맨〉, 〈알라딘〉 등 최근 영화계를 흔드는 작품들만 봐도, 그것이 완전한 독창성을 갖고 있기 때문에 사랑받는 것은 아니지요. 이미 수십 년 전에 만들어진 작품들에 대한 변주니까요.

CP업체들과 이야기해 봐도, "다른 작품들과의 유사성에 대해 너무 경계할 필요 없다"는 조언을 듣는 경우가 많아요.

결론적으로 말해서 이런 이유로, 현재 웹소설의 작가와 독자들이 고유성과 독창성을 중요한 요소로 놓지 않는 것은 분명하게 드러나는 현상이라고 할 수 있습니다.

"어디선가 본 것 같은 작품. 그런데 어디서 보았는지 정확하게 기억은 나지 않는 작품."

이런 말이 작품에 대해 상당한 비판일 수 있었던 시절이 있었습니다. 하지만 웹소설의 작가와 독자들이 추구하는 작품은 오히려 이런 것일지도 모릅니다.

물론 이 이야기가 남의 것을 마구 베껴도 된다는 것을 의미하는 것은 아닙니다. 그 작품만의 고유한 점이 느껴진다면, 무작정 베끼기보다는 흉내내도 되는 것인가, 그럴 수 있는 것인가를 고민해야겠지요. 즉, 다른 사람의 창작에 대한 존중이 필요하다는 이야기입니다.

하지만 예전에는 흉내낼 수 없다고 여겨졌던 고유한 것도 장르의 규범이 되어 많은 사람들이 당연한 듯 따라할 수 있게 되기도 해요. 이런 변화에 대해서는 항상 고민을 하면서도 적극적으로 탐구할 필요가 있습니다.

찰리 채플린의 슬랩스틱은, 어떤 시절에는 채플린만의 고유한 표현 방식이라 따라하면 표절이나 아류가 되었지만, 지금은 그저 채플린이 확립한 '슬랩스틱 코미디'라는 장르의 일반적인 문법이 되어 자유롭게 따라할 수 있게 되었지요.

이렇게 '흉내'와 '문법을 따르는 행위' 사이의 구별은 불변의 것으로 정해져 있지 않습니다. 누가 정해 줄 수도 없고, 암기과목처럼 외울 수 있는 포인트가 있지도 않지요.

작가는 자신과 남의 작품이 갖고 있는 고유성과 독창성에 대해서도 이렇게 상대적으로 접근할 수 있는 시각이 필요합니다. 특히 웹소설 작가에게는 말이지요.

Q. 웹소설에서 고유성/독창성은 어느 정도 유효한가?

A. 기존의 소설에 비해서는 훨씬 비중이 줄어들었다. 이는 웹 환경의 특성과, "예술에서 근본적으로 독창성이 가능한가"를 회의하는 담론들이 나오는 것과 관련이 있다.

Q. 장르의 문법을 따르는 것은 모방인가?

A. 장르는 기본적으로 첫 작품을 두 번째 작품이 모방하면서 만들어지는 경우가 많다. 따라서 모방과 장르 문법을 따르는 것의 경계에 대해 항상 고민할 필요가 있다.

3
웹소설 작가와
플랫폼

자, 이제 플랫폼에 대해 이야기를 해보겠습니다. 사실 웹소설 플랫폼은 작가에게 이중적인 존재이기도 합니다.

현재 웹소설의 장을 확립하고 시장을 키운 것에 있어서 웹소설 플랫폼들의 공을 무시할 수는 없습니다. 플랫폼과 연관되지 않은 상태에서 웹소설을 유통한다는 것은 거의 상상할 수 없을 정도로 플랫폼은 중요한 역할을 하게 되었습니다.

하지만 플랫폼이 기득권으로 자리잡고, 그 결과로 작가들과 대립적인 위치에 놓일 수 있는 여지는 얼마든지 있습니다.

가령 작가들과의 수익 배분을 몇 퍼센트로 할 것인가의 문제가 그렇습니다. 분배 비율에 따라 이는 '상호협력'이 될 수도, 착취가 될 수도 있는 문제입니다.

사실 지금도 플랫폼들의 힘은 계속 커지고 있다고 볼 수 있습니다. 웹소설 시장의 체계(혹은 생태계)가 플랫폼 측의 시장성 계산과 플랫폼 간 경쟁에 따라 구축되는 양상을 띠기 때문

입니다. 이런 흐름 속에서 작가들이 이렇다 할 의견을 제시한
다거나 새로운 플랫폼의 형식을 요구하는 등의 일은 잘 관찰
되지 않습니다.

현재 웹소설 플랫폼과 작가들의 관계는 그다지 적대적으로
보이지 않고, 어떤 경우에는 상당히 바람직한 관계를 형성하
고 있는 것으로 보이기도 합니다만, 그 상황은 얼마든지 달라
질 수 있다는 것을 염두에 둘 필요가 있습니다.

플랫폼이나 CP업체를 운영하는 분들이 '선한 의도'를 갖는
지도 중요하지만, 공평함을 유지할 수 있는 시스템 완비가 좋
은 관계를 유지하는 데 있어서는 더 중요하지요. 그런데 그
시스템이 구축되는 과정에서 작가보다는 업체 쪽의 입김이
압도적으로 작용하니 나중에 문제가 발생할 수 있는 여지는
충분히 있습니다.

따라서, 플랫폼 위주의 현재 웹소설 장의 트렌드를 무조건 따
라가기보다는, 최소한의 거리를 확보하면서 플랫폼과 마주
하기를 권합니다. 시장의 중심 역할을 하는 플랫폼도 있지만,
또 그에 대항하는 담론과 목표를 갖고 만들어지는 플랫폼도
있으니까요. 앞으로 웹소설의 방향이 플랫폼으로부터의 거
리를 확보하는 쪽으로 흐르지 말라는 보장은 없으니까요.

Q. 주요 웹소설 플랫폼에는 어떤 게 있나?

A. 가장 주도적인 위치를 점하는
플랫폼은 가나다 순으로 네이버(네이버
웹소설, 네이버 시리즈), 문피아, 조아라,
카카오페이지가 있다.

Q. 각 플랫폼의 성격은 많이 다른가?

A. 생각보다 많이 다르다. 따라서 웹소설
연재를 하기 위해서는 플랫폼의 특성을
파악하는 게 매우 중요한 일이다.

Q. 플랫폼과 작가의 관계는 어떤가?
친화적인가? 아니면 플랫폼이 주도적
지위를 이용해서 작가에게 횡포(갑질)를
부리기도 하나?

A. 크고 작은 갈등은 존재하지만, 아직
플랫폼과 작가의 관계는 비교적 온건한
협업 관계라고 할 수 있다.

① 조아라와 문피아

조아라와 문피아는 '전통' 웹소설의 양대 플랫폼입니다. 웹소설이 생기기 훨씬 이전부터 두 플랫폼은 존재해 왔지요.

웹소설이, 1990년대 PC통신에 연재되던 『퇴마록』, 『드래곤 라자』와 같은 작품들을 포함하는 소위 '장르소설'의 연장인지, 아니면 그것과는 별개의 장르로 보아야 하는지는 의견이 갈립니다.

하지만 PC통신이 국내 대중소설 장르의 중요한 매체였던 것은 부인할 수 없는 사실이지요. 이런 PC통신이 사라지고 난이후에, 문피아나 조아라 같은 플랫폼(그때는 웹사이트의 성격이 더 강했지요)은 상당히 중요한 역할을 해 왔습니다.

조아라와 문피아가 정식 웹소설 사이트로 기능하기 시작한 시점을 특정하기에는 약간의 어려움이 있습니다. 대개 2000년대 중반, 2005~2007년 정도를 기점으로, 장르소설, 라이트노벨, 그리고 거기에서 파생되는 웹소설의 중요한 유통 매체 및 장의 역할을 하기 시작했다고 할 수 있을 것 같습니다.

당시에는 웹을 통한 과금 시스템이 거의 자리를 잡지 않았었습니다. 그렇기 때문에 조아라와 문피아에 연재를 하는 것 자체에서 직접 인세를 받을 수 있는 시스템은 마련되어 있지 않았지요. 독자들도 그런 식의 과금에 저항 없이 지갑을 열게 되려면 대략 2010년대 중반까지 시간이 흘러야 했어요.

그래서 2000년대 후반, 그리고 2010년대 초반까지만 해도, 연재를 하고 조회수를 올리는 게 곧바로 작가의 수익으로 이어지지 않는 경우가 대부분이었습니다.

PC통신 때도 마찬가지였지요. 『퇴마록』이 엄청난 인기를 끌었지만, 이 작품으로 작가가 수익을 올린 것은 작품을 단행본으로 출간한 이후이지요. PC통신 상에서의 인기를 기반으로, 그리고 PC통신 밖으로까지 전해진 명성을 기반으로 단행본이 많이 팔려서 수익으로 이어진 겁니다.

문피아나 조아라도 그런 식의 원리로 작품이 연재되었습니다. 작가는 당연히 많은 조회수를 노리지만, 조회수가 올라가는 것 자체는 직접 수익에 연결되지 않는 것이죠. 당시 작가들 대부분은 조회수를 올리는 것을 일차적인 목표로 하되, 그 조회수(인기)를 기반으로 단행본을 출판하는 것을 궁극적인 목표로 삼았습니다.

대본소나 도서대여점이 많았던 당시에는 고정 수요가 발생했기 때문에, 출판사의 눈에 들어 단행본을 내기만 하면 판매량을 꽤 보장받을 수 있었고, 작가의 수익도 최소한도로 보장받는 게 가능했어요.

도서대여점이 전국에 많게는 2만 개 이상이었을 때도 있었으니, 도서대여점 주문만 다 받아도 2만 부를 파는 거죠. 거기에 일반 독자들의 구매량까지 합해진다면, 상당한 수익을 올릴 수가 있었습니다.

이때는 문피아나 조아라 같은 웹사이트와 출판사가 분리되어 있었지요. 작가는 문피아에 연재를 해서 작품을 알리고, 이 작품의 인기와 질을 바탕으로 출판사와 별도로 계약해서 책을 출판하는 방식입니다.

이 경우에는 문피아와 조아라에 작품을 올리는 것을 '출판'으로 볼 수 있는지 좀 애매했지요. '출판' 개념의 범위를 넓게 잡으면 이 경우도 출판에 해당되지만, 다음 단계의 '유료 출판'을 문피아와 조아라 밖의 경로를 통해 준비하고 있다는 점에서는 이야기가 또 좀 복잡해지지요.

2000년대 중반 이후에 도서대여점의 수가 급속도로 줄어들면서, 장르소설의 단행본 시장도 함께 축소되었어요. 그러다 보니 문피아나 조아라를 통해 출판사의 눈에 띄어서 종이책을 출판한다고 해도, 그게 더 이상 수익을 보장해주지 않는 시기가 되어 버렸지요.

그리고 2010년대 중반에, 한 화 한 화 결제하는 문피아 식의 시스템이나, 혹은 시간당 요금을 결제하고 그 시간 안에 무제한으로 작품을 이용하는 조아라 식의 시스템이 정착됩니다.

과금 시스템 자체가 도입된 것은 좀 더 오래 전이지만, 독자들이 부담 없이 그 과금 시스템에 따라주게 된, 즉 순순히 지갑을 열게 된 것은 2012~2013년 이후인 것 같아요. 아주 정확하지는 않지만 업계에서는 대체로 2015년을 기준으로 제시합니다.

저는 이 과정에서 우리나라 온라인 게임의 과금 시스템이 꽤 크게 작용을 했다고 생각해요. 앱스토어, 구글 플레이스토어 등의 구매 경험도 중요한 역할을 했고요.

우리나라는 전자책 시장이 생각만큼 성장하고 있지 못해요. 얼마 전에는 열린책들이라는 주요 종이책 출판사 중 한 곳이 전자책 시장에서 한발 물러서는 결정을 내리기도 했지요.

전자책은 책 한 권을 통째로 구매해서 완전히 소유하는 방식으로 소비가 이루어져요. 그에 비해 웹소설은 한 화 한 화 구매하거나, 아니면 책 자체를 구입하는 게 아니고 이용권을 구매하거나 대여하는 시스템이 정착되어 있지요.

이런 과정에서 보았을 때 전자책과 웹소설의 과금 체계 및 소
비 방식은 상당히 상이합니다. 일본의 웹소설 관련 단행본
『웹소설의 충격』의 작가는 한국 웹소설 시장이 일본의 그것
에 비해 상당히 발전적이라고 여러 번 밝힌 바 있습니다. 특
히 과금 체계에서 그렇다고 했는데, 이 독특한 웹소설의 과금
체계를 확립하는 데 있어서 문피아와 조아라, 두 플랫폼의 역
할은 지대하다고 할 수 있습니다.

지금까지는 두 플랫폼의 공통점에 대해서 다루었고요. 이제
부터는 두 플랫폼의 차이점에 대해서 이야기해 보겠습니다.

일단 문피아^{그림1 305쪽}는 잘 알려져 있다시피, '무협'이라는 장르를 중심으로 연재하는 웹사이트에서 시작했습니다. 그렇기 때문에 무협 장르가 중심을 이루었는데, 사실 그건 2010년 이전까지의 이야기이고, "문피아에서는 무협을 연재하는 게 좋다"는 명제는 이제 거의 통용되지 않는다고 해도 무방한 것 같습니다.

무협이라는 장르의 특성상 40대, 50대 독자가 많다는 이미지도 있었는데, 그것도 더 이상 별로 현실에 가깝지 않은 명제입니다. 다른 플랫폼에 비해 연령대 높은 독자들이 많다는 것은 사실일 수 있겠습니다만, "젊은 독자가 적다, 혹은 없다"라는 것은 사실과 다릅니다.

제가 생각하기에, 문피아는 로맨스를 제외한 전 장르에서 상당히 막강한 위력을 발휘하고 있습니다.^{그림2 306쪽} 그리고 재미있게도, 많은 CP업체들이 처음 작품을 런칭할 때 문피아를 선호합니다. 독자의 반응을 살피는 데 있어서 '리트머스 시험지', 혹은 '표본'의 역할을 하는 셈이지요.^{그림3 306쪽}

어떤 CP업체와 계약을 진행해도, 그 중 대부분은 "일단 문피아에 연재를 시작해서 독자들의 반응을 보자"라는 식의 제안을 할 가능성이 지금으로선 높습니다.

네이버 시리즈나 카카오페이지가 막강한 자본력을 바탕으로 시장의 파이를 가져가고 있지만, 문피아가 이런 '출입구'의 역할을 하고 있기 때문에 앞으로도 오랫동안 중요 플랫폼의 자리를 지킬 수 있을 거라고 봅니다.

웹소설을 읽어보지 않은 사람들이 자주 오해하는 게 있는데요, 바로 "웹소설은 (성적으로) 선정적이다"라는 생각입니다. 사실 문피아를 주로 이용하는 작가나 독자 입장에서는 이게 얼마나 황당한 오해인지 금방 알 수 있을 겁니다. 문피아에서는 '19금' 딱지가 붙은 작품이 정말 많지 않거든요.

물론 찾으려고 하면 어렵지 않게 19금 작품 몇 편을 찾을 수 있겠지만, 그 비율은 전체 작품들 중 극히 낮은 편입니다. CP 업체들도 마찬가지 태도를 보여요. 소위 '야한 장면'으로 지칭되는 성애 장면을 넣는 것을 오히려 말립니다.

"웹소설이니까 야한 장면을 많이 넣어서 독자를 유인해야지" 라고 생각했던 예비작가가 있다면, 가장 의아해 할 만한 부분이지요. 로맨스를 쓰는 작가에게는 '19금을 넣을지의 여부'가 중요한 결정 사항이긴 해요. 하지만 문피아에서만큼은 그런 고민이 필수가 아니라는 점을 덧붙이고 싶네요.

어쨌든 "어디에서 연재를 시작할지, 혹은 어디에서부터 웹소설을 읽어나갈지 모르겠으면 문피아를 가라"라는 말에 토를 달 사람이 많지 않을 정도로, 문피아는 웹소설의 '표준' 자리를 차지하고 있는 플랫폼입니다.

그리고 무료작품도 상당히 많고, 무료작품도 결국 문피아라는 표준을 통한 유료화의 중요한 발판으로 사용하기 때문에 작가들도 상당히 기합을 넣어서 연재하는 편입니다.^{그림4 307쪽}

문피아는 웹소설 작가가 되는 과정에서 작품 연재를 처음 시작해 보기에 가장 좋은 관문입니다. 무료연재도 자유연재, 일반연재, 작가연재의 세 가지 단계가 있고, 무료연재에서 독자의 반응을 보고 유료연재로 바꿀 수 있지요.

문피아의 '한 화당 100원' 시스템은 카카오페이지나 네이버시리즈 등 대부분의 다른 메이저 플랫폼에도 그대로 적용됩니다. 이 과금 시스템에 대한 이해도와 경험을 쌓는 훈련장(?)으로서도 문피아는 꽤 효율적입니다.

Q. 문피아는 한마디로 어떤 플랫폼인가?

A. 신인 작가에게 있어 문피아는 실전 연재 경험에 대한 훈련장이자 독자의 반응을 최초로 모니터링하는 리트머스 시험지의 역할을 할 수 있는, 가장 기본적인 플랫폼이다.

A. 한 화 한 화를 100원으로 구매하는 방식인 에피소드별 과금 체계를 주로 적용한다.

Q. 문피아의 대표 장르는?

A. 로맨스를 제외한 거의 모든 장르에서 강세를 나타내고 있다.

문피아와 비교하면서 먼저 강조하고 싶은 것은 조아라의 과금 체계입니다._{그림5 307쪽}

조아라는 다양한 과금 체계를 갖고 있습니다. '한 화당 100원'의 과금 시스템은 조아라에도 적용됩니다. 하지만 저는 시간당 이용요금 체계를 좀 강조하고 싶네요.

명칭은 '조아라 노블레스'_{그림6 308쪽}라고 합니다. 문피아와 비슷한 과금 체계인 '조아라 프리미엄'과는 구별되는 서비스 시스템이라고 할 수 있지요.

'만화가게'에 가면 시간당 이용료를 내는 경우가 많지요. 물론 만화가게에서도 한 권당 매겨진 요금으로 책을 이용할 수도 있습니다. 한 시간 동안 다섯 권을 봤다면, 그것을 한 시간 요금으로 계산할 수도 있고, 아니면 다섯 권을 본 요금으로 계산할 수도 있겠지요.

조아라를 이용할 때 저는 그런 비슷한 느낌을 받기도 합니다. 이런 만화가게 시스템을 생각하면 이해가 빠르지만, 이건 만화가게 이용 경험이 있는 세대를 위한 이야기겠지요. 조아라

시스템을 예로 들어서 예전 만화가게의 과금 시스템이 어땠는지를 설명해주는 게 더 익숙한 독자들도 많을 겁니다.

조아라의 '이용시간' 과금 체계는, 독자 입장에서는 작품의 소유권을 가져가지 않는다는 게 특징입니다. 이용료를 내고 작품을 감상했다고 하더라도, 그 이용시간이 끝나면 다시 요금을 내야 하지요. 그래서 기본적으로 독자 입장에서 선택을 잘해야겠지요.

작가 입장에서는 내 작품이 시간당 이용료 과금 형식에 더 잘 맞는지, 권당 구매 형식에 잘 맞는지에 따라 과금 체계를 선택할 여지가 주어진다는 점을 주목할 필요가 있습니다.

가령 조아라 연재와 관련한 조언 중에는 이런 말이 있습니다. "글빨에 자신이 없으면 구매보다는 시간당 이용료로 연재하세요. 아무래도 구매를 결정하는 데에는 심리적인 허들이 더 높으니까요."

그러니까 독자가 '한 화당 100원'씩 구매하려면 작품에 대한 만족도가 더 높아야 하지만, 시간당 이용료 체계에는 조금 더 너그러워진다는 이야기겠지요. 이게 실제로 얼마나 정확하게 적용될 수 있는지 증명하기란 쉽지 않겠지만, 분명히 일리는 있는 이야기입니다.

이 말이 맞다고 가정하면, 현재 플랫폼 중에서는 작가 입장에서 유료화를 시작하는 데 있어서 가장 낮은 관문이라고 할 수 있다고 생각되네요. 저도 웹소설 연재를 가장 먼저 시작한 곳이 이 '조아라 노블레스'입니다.

웹소설 연재를 '유료연재'부터 시작한 셈이죠. 무료연재 → 독자 유입 → 유료연재(유료화)라는 일반적인 웹소설 작가들의 입문 과정에 비추어 보면 보편적인 코스는 아니었지만, 그래도 어쨌든 사용료에 따라서 인세를 정산 받으면서(많은 금액은 아니었지만) 활동을 시작하니 본격적으로 웹소설 장에 진입한 느낌이 들어서 좋았어요.

'조아라 노블레스' 연재를 시작하는 것은, 곧바로 조아라와 독점 계약을 맺는다는 것을 의미해요. 그렇기 때문에 해당 작품은 다른 플랫폼에 연재하거나 혹은 공모전에 출품할 수 없게 되지요. 다른 플랫폼에서는 유료화를 한다고 하더라도, 독점인지 아닌지를 선택할 수 있어요.

저는 이런 정보를 전혀 갖고 있지 않은 상태에서 일단 연재를 시작했던 거지요. 지금 독자 여러분이 읽고 있는 이런 책이 있었다면, 좀 더 도움을 받을 수 있었겠지요.

문피아가 무협 장르를 중심으로 시작한 플랫폼이라면, 조아라는 로맨스 장르를 중심으로 시작한 플랫폼이라고 할 수 있어요. 앞에서 무협 장르가 문피아에서 차지하는 비중이 옛날만큼 절대적이지 않다고 이야기했지요. 그렇다면 조아라의 로맨스도 그런 셈이라고 할 수 있을까요?

대답은 그렇다가 될 수도 있고, 그렇지 않다가 될 수도 있어요. 장르 관련 챕터에서 좀 더 자세히 서술하겠지만, 이건 웹소설 전체에서 로맨스 장르가 차지하는 비중과 무협 장르가 차지하는 비중이 좀 다르기 때문이라고 할 수 있는데요.

결론적으로 말하면 문피아의 무협과는 달리, 조아라의 로맨스는 여전히 꽤 중요한 역할을 하고 있다고 할 수 있어요. 왜냐하면 로맨스는 지금 어느 플랫폼에서도 막강한 비중을 차지하고 있는 장르니까요. ^{그림7 309쪽}

사실 현재 웹소설의 독자들을 아주 거칠게 나누면 로맨스와 판타지로 양분할 수 있거든요. 그 중 한 축을 차지하는 로맨스이니까, 무협 외에 다른 장르가 점점 지분을 갖게 된 문피아의 사정과는 조금 다르지요.

물론 조아라의 로맨스나 문피아의 무협이나 옛날만큼 해당 플랫폼에서 절대적인 지위를 차지하지 않는다는 것은 같아요. 하지만 조아라에서 로맨스가 차지하는 비중은 아직 무시하지 못할 정도라는 것은 다른 점이지요.

로맨스의 독자들은 다른 장르의 독자들과 상당히 구별된다고 할 수 있어요. 장르를 대하는 독자들의 호흡도 상당히 다르고, 그에 따라 장르에 요구되는 형식이나 길이도 다르지요.

조아라에는 아예 로맨스 장르 전용 과금 체계가 따로 있어요. 이것만 봐도 조아라에서 로맨스가 차지하는 비중이 다른 장르에 비해 독보적임을 알 수 있지요.

'조아라 노블레스' 이용요금과 '조아라 로맨스' 이용요금이 서로 달라요. 노블레스에도 속하고 로맨스에도 속하는 작품들은 둘 중 어느 요금을 선택해도 열람할 수 있지만, 둘 중 하나의 요금으로만 볼 수 있는 작품도 많이 있습니다.

이런 점 때문에 "로맨스를 연재하려면 조아라에서 시작해라"라는 조언들이 상당히 저변을 확보하고 있어요. 4대 플랫폼 중 등용문의 역할을 하는 것은 문피아와 조아라인데, 조아라는 로맨스의 등용문^{그림8 309쪽}, 문피아는 그 외 장르의 등용문 역할을 하고 있다고 할 수 있어요.

이렇게 말하면 웹소설 시장에서 문피아의 역할이 훨씬 큰 게 아닌가, 하는 생각을 가질 수가 있는데, 조금 전에 이야기한 것처럼 로맨스라는 장르가 워낙 웹소설에서 막강하기 때문에, 반드시 조아라가 문피아에 비해 '마이너'하다고 할 수는 없어요.

또 처음부터 유료연재로 웹소설의 장에 뛰어드는 사람에게는, 시간당 이용료 과금이 신인 작가에게 조금 더 우호적인 환경이라는 점에서 조아라를 출발점으로 권할 수가 있겠지요. 특히 CP업체의 도움 없이 작품 활동을 할 작가라면, 더욱 그렇습니다.

이론상으로는 문피아에서도 바로 처음부터 유료연재를 할 수 있기는 해요. 하지만 그런 경우 독자 유입에 상당히 애로를 겪게 되지요. 따라서 신인이 처음부터 유료연재를 시작했을 때 일정 정도 매출을 올릴 수 있는 건 조아라 쪽이라고 할 수 있어요.

Q. 조아라의 특징은?

A. 로맨스를 기본으로 하여 다른 장르까지 두루 강세를 보이는 플랫폼이다.

A. 시간 제한 이용권을 구매하는 '조아라 노블레스'가 특징적이다. 문피아처럼 화당 과금 체계를 적용하기도 한다.

A. 문피아와 함께 웹소설을 개척한 양대 플랫폼이다. '조아라 노블레스'는 작가가 유료화 연재를 하는 데 있어서 가장 자유롭게 접근할 수 있는 체계이기도 하다.

② 네이버 웹소설과 네이버 시리즈

'네이버 웹소설'은 여러 번 이야기했지만, '웹소설'이라는 명
칭과 관련해서는 독보적인 위치를 갖고 있다고 할 수 있지요.
'웹소설'이라는 명칭을 제시한 게 바로 네이버 웹소설이니까
말이에요.

요즘 네이버의 웹소설 관련 플랫폼은 '네이버 웹소설'과 '네
이버 시리즈'로 나뉘어 있어요. 그 둘에 대해서 각각 나누어
서 설명해 볼게요.

네이버 웹소설^{그림9} ^{310쪽}은 초기부터 상당한 흥행 돌풍을 일으 키며 시작했어요. 네이버라는 포털사이트의 압도적인 점유율도 중요한 원인이지요. 아무래도 플랫폼 자체가 자리 잡는 데 직접적인 영향을 미치는 변수니까요.

그리고 네이버 웹툰과의 친연성도 매우 중요하지요. 웹툰을 보러 온 독자들이 네이버 웹소설로 유입된 경우도 상당히 많 을 거라고 생각해요. 지금도 네이버 웹소설의 메인 페이지로 들어가기 위해서는, 네이버 메인 메뉴의 '웹툰'란을 선택한 다음, 좌측 상단에 '만화 | 웹소설'로 나뉘어 있는 메뉴를 다시 선택해야 해요.

네이버 웹소설은 아직 네이버 웹툰의 하위 메뉴/페이지 위치 에서 완전히 벗어나지 않은, 약간 애매한 상태에 있다고 할까 요. 2013년에 네이버 웹소설이 런칭할 때에 이 경로를 채택했 는데, 그게 지금까지 유지되고 있는 점은 좀 생각해 볼 만하 네요!

네이버 웹소설은 문피아나 조아라와는 달리, 작품 각 화의 조 회수를 확인하기 힘들어요. 다만 평점이나 '관심작 선정 수' 에 따라 대충 어느 정도 단위의 독자를 보유하고 있는 작품인지 가늠할 수 있을 뿐이지요.

그런 만큼 그때그때 성적을 확인할 수 있는 조아라나 문피아와는 다른 성격을 보여요. 작가들이 조회수에 비례해서 받는 인세 외에 한 화당 원고료를 받는다는 것도 좀 다르지요.

다른 플랫폼에서는 작가가 연재 약속을 지키지 못하면 독자들은 작가에게 책임을 물어요. 하지만 네이버 웹소설에서는 조금 다른 분위기가 형성되어 있어요. 네이버는 작품의 연재가 소위 '펑크'나지 않도록 관리하는 역할을 해야 해요. 그렇기 때문에 작품의 판매에서 발생한 수익도 나누지만, 또 작품을 연재하는 수당도 지급하는 것이라고 생각해 볼 수 있지요.

문피아나 조아라에 연재되는 작품들의 수가 엄청나게 많은 것에 비해, 네이버 웹소설에서 연재되는 작품들은 상당히 적어요. 그만큼 엄선되었다는 느낌이 들지요. 내부 심사도 꽤 까다로운 편이라고들 하고요.

2019년 7월을 기준으로 현재 '오늘의 웹소설'에서 연재되고 있는 작품의 수는 77편이네요. 다른 플랫폼에 비하면 상당히 적지요. 이 관문을 통과하기 위해서는 네이버 자체 심사에서 상당한 호평을 받아야 하겠지요. 그리고 네이버는 개인과 직접 계약하는 경우보다는 CP업체나 에이전시, 출판사 등을 통해서 계약을 한다고 해요. 그렇기 때문에 사실 관문은 상당히 좁은 편이지요.

네이버 웹소설의 '오늘의 웹소설'에 연재하는 작가들은 네이버에 연재 수당을 받고, '미리보기' 결제로 발생한 수익금을 인세 형태로 받는 것으로 수익을 올려요. 네이버에서는 그런 작가들의 작품의 질이 잘 유지되도록, 원고료를 지급하는 형식으로 관리하는 것이지요.

네이버 웹소설의 메뉴는 '오늘의 웹소설', '베스트리그', '챌린지리그'^{그림10 310쪽}로 나뉘어져요. 처음 진입한 신인 작가가 작품을 올릴 수 있는 곳은 이 중에서 챌린지리그밖에 없어요.

챌린지리그에서 두각을 나타낸 작품이 베스트리그로 승격되고, 베스트리그에서 또 두각을 나타낸 작품이 '오늘의 웹소설'로 승격되는 시스템이라고 할 수 있지요. 미국 메이저리그와 마이너리그를 연상케 하는 시스템이네요.

문피아에서도 일반연재와 작가연재는 신인 작가가 곧바로 해당 메뉴에서 연재를 시작할 수 없어요. 하지만 한번 자격이 생기면(예를 들어 작가연재를 하기 위해서는 두 건 이상의 연재 완결 실적이 필요해요) 그 다음부터는 계속 일반연재나 작가연재 메뉴에서 작품을 연재할 수 있어요.

하지만 네이버는 다르지요. 챌린지리그에서 베스트리그로 승격되었던 적이 있는 작가라고 해도, 다음 작품을 곧바로 베스트리그에서 연재 시작할 수 있는 건 아니니까요. 어떤 작품이 베스트리그나 '오늘의 웹소설'에 올라가기 위해서는 작품마다 실적과 심사가 필요해요.

그만큼 네이버 웹소설은 업체 내의 편집진에 의해 철저히 관리되고 있는 플랫폼이라고 할 수 있어요. 그렇기 때문에 웹소설을 시작하는 신인 작가들에게는 권하기 망설여지는 플랫폼이기도 해요.

'챌린지리그 → 베스트리그 → 오늘의 웹소설'이라는 루트가 있긴 하지만, 이 루트를 거쳐 유료연재의 관문을 통과하는 사례는 극히 적다고 할 수 있어요. 불가능하지는 않지만, 성공할 가능성이 상대적으로 극히 낮은 루트이지요.

조아라가 마음만 먹으면 바로 유료연재를 시작할 수 있고, 또 작가의 명성과 상관없이 처음부터 유의미한 매출을 올릴 수 있는 것과는 달리, 네이버 웹소설의 유료화 관문은 정말 좁다고 할 수 있지요.

대신 네이버의 유료화 관문을 통과한 작가에게는 상당히 훌륭한 플랫폼이라고 할 수 있겠지요. 네이버라는 포털 사이트가 가지고 있는 엄청난 사용자 수는 웹소설에 있어서 그 자체로 중요한 자원과 환경이 되니까요.

다만 네이버 웹소설에도 과제는 있어요. 그것은 장르가 로맨스와 로맨스판타지에 편중되어 있다는 인상이 많이 퍼져 있다는 사실이에요. "로맨스가 들어가지 않으면 연재 승인을 얻을 수 없다"거나, "로맨스 요소를 포함시켜야 승격(리그 승격)될 수 있다"는 이야기가 인터넷에서 꽤 넓게 확산되어 있거든요.

사실 메뉴도 로맨스와 로맨스판타지가 앞에 있고, 판타지와 무협이 그 뒤를 잇고 있는데, 실제 연재 중인 작품을 보면 로맨스와 로맨스판타지가 나머지 다른 장르들에 비해 압도적으로 많은 게 사실이에요. 그림11 311쪽

그렇기 때문에 "네이버 웹소설은 로맨스 친화적이다"라는 명제가 틀렸다고 반박하기는 조금 어렵지요. 네이버 웹소설 담당자들은 이런 명제를 흔들어서 전 장르의 작가와 독자들을 끌어들이기 위해 힘쓰겠지요. 이런 사정이 미래에는 어떻게 바뀔 수 있을지 모르겠어요. 하지만 지금 네이버 웹소설의 플랫폼 성격이 이러하다는 것은 참고해야 할 필요가 있지요.

네이버 웹소설과 관련해서 또 하나 짚고 넘어가야 할 중요한

특징이 있어요. 바로 네이버 웹소설은 다른 플랫폼에서 서비스 되고 있는 것과 형식과 모양이 구별된다는 사실이에요.

웹툰도 처음 나왔을 때에는 종이책 만화와 형식상에서 큰 차이가 없었어요. 하지만 훨씬 더 다양하게 컬러를 쓸 수 있다는 점에서(종이책에서 컬러를 쓴다는 것은 출판 비용의 비약적인 증가를 뜻하지만, 웹상에서는 흑백이나 컬러나 큰 차이가 없지요), 또 페이지를 넘기는 대신 마우스 스크롤로 독서를 진행한다는 점에서, 웹툰이 종이책 만화와 같은 모양을 할 필요는 없지요.

그래서 종이를 기반으로 하는 만화와, 웹을 기반으로 하는 웹툰의 모양이 서로 달라지게 되는 건데요. 이러한 현상이 아직 두드러지지는 않지만 네이버 웹소설에서는 꽤 분명하게 나타나는 거예요.

네이버 웹소설은 인물의 대사마다 인물의 일러스트를 표시해서 화자가 누구인지를 밝혀요. 화자의 얼굴이 대사 옆에 제시되는 건데, 워낙 대사가 많은 웹소설의 특징상, 이런 조그만 일러스트가 상당히 많이 화면을 차지하게 되죠.

이건 사소한 형식상의 차이 같으나, 웹소설의 글쓰기 자체를 바꿀 수 있는 잠재력을 가지고 있어요. 일단, 네이버 웹소설의 작가는 'A가 말했다', 'B가 대답했다', 'C가 입을 열었다' 같은, 화자를 표시해주는 서술을 넣을 필요가 없어요. 아직은 작가들이 해오던 습관이 있기 때문에 그런 서술을 생략하는 경우가 드물지만, 소설의 지문이 더 짧아질 수 있는 조건이 마련된 거죠.

더 직접적인 예로, "인물의 일러스트가 있는데 왜 외양 묘사를 이렇게 길게 하는가"라는 항의가 네이버 웹소설의 댓글에서 나온 적이 있다고 하죠. 만약에 일러스트의 존재 때문에 화자 표시를 생략하고, 또 인물 묘사를 최대한 줄인 웹소설이 나온다면, 종이책 단행본으로 옮길 때에는 아마 상당한 개작이 필요하겠지요?

이런 점에서, 이 간단한 일러스트의 존재가 웹소설의 양식과 내용이 변화할 수 있는 중요한 계기가 될 수 있습니다. 아직 웹소설은 종이책으로 옮길 때 거의 고칠 필요가 없을 정도로 소설과 비슷한 형식이지만, 시간이 지나면 아마 웹소설과 소설은 눈에 띄게 형식상의 차이를 띠게 될 거예요.

웹과 종이라는 매체 차이 때문인데요, 네이버 웹소설은 이런 매체상의 차이를 최초로 웹소설에 실현했다는 점에서, 주목할 만한 여지를 갖고 있습니다.

Q. '네이버 웹소설'의 특징은 무엇인가?

A. '네이버 웹소설' 플랫폼은 내부
편집진에 의해 관리되는 플랫폼으로,
작가는 별도로 인세와 원고료를
지급받는다.

A. 강도 높은 선발과정을 거쳐야 하므로
신인이 시작점으로 삼기는
다소 어렵다.

A. 네이버 웹소설은 매체에 따라
웹소설의 내용과 형식이 달라짐을
확인할 수 있는 중요한 사례이기도 하다.

'네이버 시리즈'^{그림12 312쪽}는 네이버 웹소설과는 별도로 런칭
된 웹툰/웹소설 통합 플랫폼이에요. '네이버 북스'가 리뉴얼
되어서 네이버 시리즈가 되었고, 네이버의 N스토어가 다시
네이버 시리즈로 통합되었어요. 이름에서 볼 수 있듯이, 기존
의 플랫폼이 전자책 서점의 성격을 갖고 있었다면, '시리즈'
라는 말을 통해서 '연재 플랫폼'의 성격을 좀 더 강화했다고
분석할 수 있지요.

사실 네이버 시리즈에서는 『원피스』 같은 일본 만화도 볼 수
있어요. 종이책 출판 시절의 여러 명작들, 할리퀸 시리즈들도
골고루 포진되어 있지요. 따라서 네이버 시리즈를 순수하게
'웹소설 플랫폼'이라고 말하는 것은 부적절할 수도 있어요.

하지만 네이버 시리즈에서 가장 많은 업로드 건수를 자랑하
고 있는 건 단연 웹소설이기 때문에, 그렇다고 웹소설 플랫폼
이 아니라고 할 수도 없어요. 네이버 시리즈에 연재를 하는
것은 웹소설 작가에게 있어서 상당히 중요한 선택지가 되었
지요. 극장에서나 TV에서 네이버 시리즈에 대한 광고와 홍
보가 상당히 공격적으로 진행되기도 했었지요. 그만큼 큰 투
자가 이루어진 플랫폼이기 때문에, 웹소설 시장에도 충분히
성공적으로 안착했다고 할 수 있어요.

네이버 웹소설과는 분명히 구별되긴 하지만, 중요한 공통점이 있어요. 그것은 신인 작가가 개인으로서 연재를 시작하기에 친절한 환경은 아니라는 사실이에요.

네이버 시리즈와 연재/출판 계약을 맺기 위해서도 기본적으로는 그것을 진행해 줄 업체가 필요해요. 네이버는 작가 개인과 연재/출판 계약을 맺지 않고 업체와 맺는다는 원칙이 네이버 웹소설에서나 네이버 시리즈에서나 똑같이 지켜지는 것이지요.

네이버 시리즈에는 '너만무'(너에게만 무료), '타임딜', '쿠키오븐'^{그림13 312쪽}, '선물박스'^{그림14 312쪽} 등 다양한 프로모션이 진행돼요. 이런 식의 여러 가지 프로모션이 있는 것은 카카오페이지의 시스템을 연상시키기도 하지요(이런 식의 프로모션들은 최근 들어 조아라나 문피아에서도 여러 가지로 실험을 하고 있는 추세예요).

네이버 웹소설이 기본적으로 무료로 연재물을 볼 수 있는 시스템이라면, 네이버 시리즈는 연재물을 돈을 내고 구매하거나, 아니면 유료로 대여하거나 하는 방식으로 작품을 구독해야 하지요. 네이버 웹소설에서 네이버 시리즈로 넘어와서 과금 자체에 저항감이 있는 독자라면, 이런 프로모션을 통해서 좀 더 부드럽게 '유료독자'로 변화할 수 있을 거예요.

어쨌든 네이버 시리즈에 연재하기 위해서도 꽤 엄격한 심사를 거쳐야 하기 때문에, 그렇게 넓은 관문이라고 하기는 어렵습니다. CP업체에서도, 일반적으로 네이버 시리즈에 곧바로 들어가는 것보다는 문피아나 조아라에서 먼저 유료화를 한 다음에 들어가는 것을 권하는 경우가 많지요.

하지만 네이버 시리즈가 갖고 있는 강점도 분명히 있어요. 독점작에는 프로모션 등에 있어서 상당한 '푸시'를 해주기 때문에, 그런 특성을 잘 이용하는 작가에게는 꽤 좋은 기회가 되지요.

'시장'이라는 관점에서 보았을 때 네이버 시리즈는 상당한 규모를 갖고 있고, 일종의 중심 역할을 하고 있다고 할 수 있어요. 원래는 다른 플랫폼, 예컨대 문피아를 통해서 처음 연재되었던 대표적인 웹소설 히트작들, 예컨대 「재벌집 막내아들」, 「전지적 독자시점」 등의 작품들을 네이버 시리즈에서도 볼 수 있지요.

네이버 시리즈는 연재 플랫폼이기도 하면서 다른 플랫폼과는 다른 독자 유입의 경로를 갖고 있기 때문에, 그리고 그 경로가 상당히 일반적이고 대중적인 경로이기 때문에, 순수 웹소설 플랫폼의 작품들을 시장으로서 흡수하는 특징을 갖고 있다고 할 수 있어요.

네이버 시리즈에서 연재를 시작해서 다른 플랫폼으로 확장하는 작품의 수보다, 문피아나 조아라에서 연재를 시작해서 네이버 시리즈로 연재 영역을 넓히는 작품의 수가 많은 것은 그런 맥락이라고 할 수 있겠습니다.

네이버 시리즈의 문제점은 "카카오페이지와 너무 비슷하다"는 평이 많은 거예요. 네이버 북스나 N스토어의 장점이 네이버 시리즈로 오는 과정에서 많이 사라졌다는 것도 있고요. 아직은 초기 단계이기 때문에 각각의 플랫폼이 발전하면서 비슷한 점들은 저마다의 특색으로 바뀌어 나가길 기대하고 있습니다.

네이버 웹소설과는 달리, 해당 플랫폼을 위해 새롭게 창작된 오리지널 작품의 비중이 적기 때문에, 화자를 표시하는 일러스트 같은 매체적인 실험은 이루어지지 않는다는 것도 언급해 둘 만하네요.

Q. '네이버 시리즈'의 특징은
무엇인가?

A. '네이버 시리즈'는 웹소설에
주력하면서도 다른 콘텐츠도
유통하는 종합 플랫폼이다.

A. 연재나 출판을 위해 심사를
거친다. '네이버'의 주도적인
위치와 다양한 프로모션 등으로
큰 시장을 형성하고 있다.

③ 카카오페이지

네이버 못지 않게 상당한 웹 인프라를 보유하고 있는 것이 바로 '카카오페이지'^{그림15 313쪽}이지요. 조아라와 문피아가 순수 웹소설 플랫폼으로서 웹소설 독자의 규모를 키워 오면서 성장했다면, 네이버와 카카오페이지는 해당 서비스의 이용자들을 독자로 전환시키면서 웹소설 플랫폼의 강자로 단번에 떠오를 수 있었습니다.

네이버 웹소설이 '네이버 웹툰'과의 친연성을 인프라 확장의 계기로 사용할 수 있었듯이, 카카오페이지는 '다음 웹툰'을 이용할 수 있었습니다(카카오와 다음이 같은 회사라는 것은 너무 잘 알려진 사실이지요).

네이버 시리즈에 '너에게만 무료' 프로모션이 있듯이, 카카오페이지는 '기다리면 무료'(기다무, 혹은 기무)^{그림16 313쪽}라는 프로모션이 있습니다. '기다무'는 웹소설 유통 역사에서 상당히 성공한 프로모션의 하나로 손꼽히고 있지요(하지만 작가들 사이에서는 이에 대한 불만도 있어요. "이벤트를 이용하면 웹소설도 공짜로 볼 수 있다"는 인식이 퍼지니까요).

기다무는 아주 간단하게 설명하면, 무료연재 화를 다 보고, 그 다음 화부터는 한 화를 보고 12시간이나 24시간(작품마다 다름)을 기다리면 다시 한 화가 무료로 풀리는 방식의 프로모션입니다. 그러니까 이론적으로 하루에 한 편씩만 본다면, 작품 전체를 공짜로 보는 것도 가능하지요.

하지만 그 정도로 열심히 작품을 구독한다면, 이미 그 작품을 상당히 재미있게 보고 있다는 것이겠지요. 그래서 정해진 시간을 기다리지 못하고 다음 화를 유료로 결제해서 몰아 보는 독자들이 많아질 수밖에 없겠지요.

사실 '미리보기'를 통해서 무료연재가 되기 전에 유료 결제를 해서 작품을 보는 독자들도 무시할 수 없을 수준으로 많지요. 재미있는 작품에 한번 몰입하게 되면 독자는 지갑을 열게 되니까요. 그렇기 때문에 기다무는 강력한 프로모션 효과를 발휘할 수 있는 겁니다.

아, 카카오페이지의 또 하나의 특징은, 소설 텍스트를 모두 그림 파일로 변환하여 보여준다는 것입니다. 그렇기 때문에 작가나 독자가 본인의 취향에 맞게 폰트나 문단 모양 등을 조정하는 것이 사실상 불가능합니다.

일반적인 웹소설이 갖고 있는 자유로움을 상당히 제한한다는 점에서, 카카오페이지에 연재되는 웹소설들은 다소 이질적인 특성을 갖고 있다고 하겠습니다.

116

Q. 카카오페이지의 특징은?

A. 다양한 프로모션을 통해 유료 독자를 확보하는 또 하나의 큰 시장이다. 프로모션에 있어서는 선구적인 위치를 점하는 플랫폼이다.

A. 다른 플랫폼과 비교할 때 편집 면에서는 작가의 자율성이 덜한 편이다.

조아라/문피아, 네이버/카카오페이지로 4대 플랫폼을 양분할 수 있는 몇 가지 이유가 있습니다.

첫 번째, 카카오페이지나 네이버는 웹보다 모바일 기반으로 시작했고, 계속 모바일을 중심으로 하고 있다는 사실입니다. 조아라나 문피아도 몇 년 전부터는 모바일을 통한 매출이 압도적인 비율을 차지하기 시작했다고 하지만, PC→모바일의 경로로 확장해 온 조아라/문피아와 카카오페이지/네이버의 성격 차이는 무시할 수 없지요.

두 번째, 카카오페이지나 네이버의 경우 연재를 하기 위해서는 작가가 출판사나 CP등의 업체를 거쳐야 한다는 점입니다. 공모전을 통하지 않는 한 거의 그러하기 때문에, 신인 작가가 자유롭게 연재를 시작할 수 있는 다른 플랫폼과는 상당히 다른 사정을 갖고 있다고 할 수 있지요.

세 번째, 조아라나 문피아는 독점작이나 해당 플랫폼에서 먼저 연재되는 작품이 많은 반면, 카카오페이지나 네이버는 다른 플랫폼에서 먼저 연재된 작품이 들어오는, 2차 시장의 성격 또한 갖고 있다는 점입니다.

네 번째, 카카오페이지나 네이버는 각종 프로모션을 활성화하여 독자 입장에서는 무료로 볼 수 있는 작품 편수가 많습니다. 하지만 이것이 작가에게 반드시 손해로 이어진다고 볼 수는 없습니다. 프로모션이 활성화된 만큼, 더 많은 독자가 유입될 수도 있기 때문이지요. 물론 이것은 작품마다 다르게 적용될 수 있는 이야기이기 때문에, 이런 플랫폼들에 대한 고려가 필요합니다.

지금까지 4대 주요 플랫폼에 대해 이야기해 봤습니다. 이 4대 플랫폼이 웹소설 전체 시장에서 차지하고 있는 비중은 엄청나다고 할 수 있습니다. 나머지 플랫폼 모두를 합해도 이 네 플랫폼 중 하나의 매출에도 따르기 어렵다는 추측들이 있는데, 그 정도로 현재 이 플랫폼들의 영향력이 막강하다고 할 수 있겠지요.

하지만 짐작할 수 있는 것처럼, 이런 추세가 영원하리라는 보장도 없고, 또 이렇게 네 개의 메이저 업체가 시장을 독식하고 있는 상황이 마냥 좋은 것이라고 볼 수는 없습니다.

따라서 웹소설 작가나 독자들은 지금 이 현상을 무조건 고정된 것이라고만 받아들일 필요는 없습니다. 지금 이 환경을 십분 이해하고 이에 적응하되, 이 지형도가 다양하게 바뀔 수 있을 거라는 가능성도 염두에 두는 것이 좋겠지요.

각 플랫폼의 특성 비교

	조아라 / 문피아	네이버 / 카카오페이지
플랫폼의 기반	웹 기반 → 모바일 기반	모바일 기반
연재 및 출판 계약	작가 개인, 또는 CP업체와 계약	CP업체를 통해 계약
연재되는 작품	주로 독점작, 해당 플랫폼에서 먼저 연재되는 작품	다른 플랫폼에서 연재되었던 작품 (2차 시장의 성격)과 소수의 독점작
프로모션	여러 가지 프로모션을 시도해 보는 단계	'너만무'(너에게만 무료), '기다무'(기다리면 무료) 등 다양한 프로모션 활성화

④ 그 외 플랫폼

여기에서는 주된 역할을 하고 있는 4대 플랫폼을 제외한 다른 플랫폼에 대해 이야기하겠습니다.

이 책이 독자들의 이해를 위해 웹소설 플랫폼을 크게 문피아/조아라와 네이버/카카오페이지, 두 갈래로 나누는 설명 방식을 사용하고 있기 때문에 이 네 플랫폼에 대한 서술이 주로 이루어지는 것은 사실입니다.

하지만 웹소설 (예비)작가들은 굳이 이 네 플랫폼에서만 활동하겠다는 생각을 가질 필요가 없습니다. 이 책에서 제시하는 플랫폼의 유형 모델을 염두에 두고, 각각의 플랫폼에 참여할 때 참고하시기 바랍니다.

한 플랫폼과 독점 계약을 하는 경우도 있고, 조건에 따라 그게 유용할 수도 있습니다만, 또 반드시 그런 것은 아닙니다. 한 작품을 여러 플랫폼에 동시에, 혹은 순차적으로 연재하는 것이 독자 확보와 매출에 긍정적인 선택이 되는 경우도 많으니까요.

웹소설 작가들 중에는 이 책에서 언급한 네 개의 플랫폼 외에 다른 플랫폼에도 동시에 작품을 연재하는 경우가 많습니다.

따라서 이 네 개의 플랫폼과 다른 플랫폼 사이에 위계질서가 있다는 식으로 접근하는 것은 옳지 않습니다.

웹소설의 장은 정말 시시각각 변합니다. 고정되어 있는 것처럼 느껴지는 플랫폼의 지형도도 얼마든지 변할 수 있습니다. 이 책에서 언급한 플랫폼들, 또 언급하지 못한 플랫폼들이 새로운 프로모션 등으로 언제 치고 나올지 모릅니다.

인터넷 서점과 전자책 업체에서 운영하는 플랫폼

교보문고의 '톡소다'^{그림17 313쪽}, 예스24의 '시프트북스', 리디북스의 '연재란' 등을 이 유형으로 꼽을 수 있습니다. 톡소다와 플레이뷰는 따로 플랫폼을 마련하여 독립적으로 운영 중이고, 리디북스는 리디북스 플랫폼(이것은 웹소설 플랫폼이라기보단 전자책 플랫폼이지요)에 '로맨스연재', '판타지연재', 'BL연재'를 두어 운영 중입니다.

웹소설 플랫폼으로서는 후발주자이지만, 현재 웹소설의 시장과 과금 체계가 도입되기 전부터 자리를 잡았던 전자책 판매 플랫폼이기 때문에 나름의 저력을 갖고 있습니다.

작품과 독자의 수는 적은 편이지만, 오히려 그렇기 때문에 계약 상황에 따라 아직 많이 알려지지 않은 신인 작가가 플랫폼의 프로모션 지원을 받으면서 활동하기에 유리한 점도 있습니다.

또한 기반을 두고 있는 기업이 있으니, 갑자기 사업이 종료된다거나 해서 작가의 뒤통수를 때릴 가능성이 적기도 하고요(그런 사례가 몇 번 있어서 작가들이 피해를 입은 적이 있지요). 신규 플랫폼들은 사업 변화에 따라 웹소설 부서가 없어질 가능성도 있습니다.

최근에는 웹소설의 성장세 때문에 이런 위험성 자체가 좀 줄어든 편입니다만, 몇 년 전만 해도 유명 웹툰 포털에서 웹소설 분야를 폐지한다든가 해서 갈등을 빚은 적이 있습니다. 그리고 신규 플랫폼의 경우 모회사가 바뀌는 경우도 많은데, 이 전자책 업체 기반 플랫폼들은 아무래도 그러한 위험성이 낮은 것이 장점이 될 수 있겠지요.

이러한 플랫폼에 작가로서 접근하는 것은 앞에서 말한 4대 플랫폼의 유형들을 참고하면 크게 어렵지 않습니다. 업체에 따라 개인과 직접 계약을 맺거나 그러지 않기도 하고, 또 4대 업체에서 하는 것과 비슷한 프로모션을 하기도 하기 때문에, 앞에서 쌓은 지식과 기준으로 플랫폼 특성을 파악하고, 연재를 할지 결정하면 큰 위험이 없습니다.

로망띠끄**그림18 314쪽**는 '국내 최대 로맨스 소설 커뮤니티'라는 타이틀을 달고 있는 사이트/플랫폼입니다. 웹소설의 하위 장르 로맨스보다 좀 더 넓은 의미를 지닌 '로맨스 소설'을 표방하고 있는 건데요, 그러다 보니 기존의 웹소설과는 상당히 다른 면이 있어서 따로 언급할 필요가 있습니다.

로망띠끄는 이모티콘 사용을 금지한다든가, 문단이나 대화체를 나누는 기준을 꽤 까다롭게 명시하고 있습니다. 웹소설에서 작가에게 넘어간 편집상의 권한을 플랫폼에서 여전히 갖고 있습니다. 게다가 '걸음마 작가'일 때에는 여러 편의 동시 연재를 자제해 달라는 요구도 하는 등, 웹소설 플랫폼이지만 종이책 시대의 출판사의 권한을 상당히 유지하고 있는 편입니다.**그림19 315쪽**

따라서 이 책에서 소개하는 웹소설 플랫폼의 일반적인 특성과는 상당히 다른 점이 많은 곳이지요. 웹소설 작가로서는 이 플랫폼이 이질적인 면이 있다는 것을 염두에 두고 들어가야 하겠지요.

하지만 이 책에서 언급하고 싶은 것은, 웹소설의 일반 트렌드와 다른 지점들이 이런 식으로 많이 존재한다는 사실 자체입니다. 우리가 웹소설에 접근하고 그에 대한 지식을 쌓기 위해서 일반화를 시도하고 그것을 지식으로 만듭니다만, 여전히 그런 일반화가 완전히 커버할 수 없는 영역이 있다는 것을 잊지 않아야 합니다.

웹소설의 일반 기준이 통용되지 않는 플랫폼이 있다는 사실, 그런 것도 머릿속에 그려 놓고 있어야 플랫폼을 선택해서 활동할 때에 더욱 좋은 결과를 얻을 수 있을 겁니다.

브릿G그림20 315쪽는 (주)민음인 계열의 플랫폼입니다. 장르소
설, 대중소설의 종이책 출판에서 상당한 역할을 했던 출판사
'황금가지'가 같은 계열이지요. 이 황금가지에서 2010년대
초반까지 상당히 활발하게 여러 장르의 문학상/공모전을 개
최했었습니다. 이를테면 ZA zombie apocalypse소설 공모전, 타임
리프소설 공모전, 어반판타지 공모전 같은 것들이지요.

이런 공모전을 그대로 플랫폼으로 옮겨 왔다는 점에서, 브릿
G는 황금가지의 장르문학과 웹소설을 잇는 성격을 갖고 있
습니다. 이름 그대로 2000년대 초반 장르문학과 2010년대 웹
소설의 '다리bridge' 역할을 하고 있달까요?

그렇기 때문에 로망띠끄와는 다른 점에서, 다른 웹소설 플랫
폼들과는 이질적인 면을 많이 갖고 있습니다. "황금가지에서
출간된 국내외 작품들이 공식 연재됩니다"라는 안내가 있는
'출판 작품 연재'란이 있어서 종이책 출판과의 연계성이 강화
되어 있는 점, 그리고 '리뷰'란이 상당히 공들여 마련되어 있
는 점 등이 특성이라고 할 수 있습니다.

따라서 웹소설 작가 중에서 기존 장르문학의 문법에 익숙한
사람, 혹은 출판 경험이 있는 사람, 또는 댓글 대신 리뷰라는,

웹소설이 아닌 종이책 시대의 독자와의 소통 경험을 중시하는 사람이라면 권할 수 있는 플랫폼이 브릿G라고 할 수 있습니다.

역시 웹소설에 대한 일반성이 논의되면서도 그 특이성이 무시되어서는 안 될 중요한 플랫폼 중 하나입니다.

스낵북, 민트북스그림21 316쪽, 북팔그림22 316쪽, 코미코그림23 317쪽,
허니문 등은 완전히 새롭게 만들어진 웹소설 플랫폼들입니
다. 이들은 대부분 후발주자로서, 아무래도 4대 플랫폼만큼
의 작가와 독자를 확보하고 있지는 못하기 때문에, 특정 몇
몇 장르에 강세를 보이는 경우가 많습니다. 허니문은 문피아
가 로맨스 쪽을 강화하기 위해 따로 출시한 플랫폼이기도 합
니다.

이 중에는 상당히 큰 미디어그룹의 산하 플랫폼도 많습니다.
하지만 모회사가 정식으로 표방되는 경우가 많지 않기 때문
에, 이 책에서 그런 정보를 시시콜콜 적는 것은 적절하지 않
은 것 같습니다. 그리고 플랫폼의 모회사가 변경되는 일도 있
으니까요.

어쨌든 대부분의 후발주자 플랫폼들은 한 화 100원, 혹은 미
리보기를 통한 유료연재 시스템을 갖추고 있습니다. 따라서
연재 시스템에 대해 따로 공부할 건 없다고 할 수 있습니다.

하지만 작품 소개 방식, 뷰어의 환경에 따른 편집의 차이, 독
자가 기대하는 작품의 성향 등은 플랫폼마다 상당히 다양합
니다. 따라서 다른 플랫폼에서 연재를 한 적이 있다고 해도

그 경험에 너무 기대지 마시고, 찬찬히 작품들을 보고, 또 연재할 때 연재 게시판에서 플랫폼이 어떤 것들을 요구하는지 파악한 후 연재를 결정하시기 바랍니다.

다시 한번 말하지만, 이런 플랫폼들은 강세를 두고 있는 장르와 그렇지 않은 장르의 독자층 편차가 뚜렷한 편입니다. 해당 플랫폼에서 인기가 없는 장르는 전혀 독자를 모을 수 없는 경우도 생깁니다. 이런 점을 극복하기 위해 해당 플랫폼에서는 취약 장르로 공모전을 개최하기도 하는데, 그런 기회를 적극적으로 이용하는 것이 좋습니다.

코미코는 일본 작품을 수입하여 연재한다는 점이 특이하다는 것을 부기하여 둡니다. 작품 게시판에 들어가 보면 '한국', '일본' 식으로 국가가 표기되어 있어요. 이러한 특징은 해당 플랫폼만의 특별한 독자층을 만들어 내기도 합니다. 이런 점들을 적극적으로 파악해서 플랫폼에 입성해야겠지요.

Q. 기타 플랫폼에 연재할 때 작가가 얻을 수 있는 장점은?

A. 4대 플랫폼을 제외한 플랫폼들은 시장 규모는 작을지 몰라도, 특정 독자들의 충성도가 높은 경우가 많다.

A. 따라서 본인의 작품에 잘 맞는 플랫폼을 찾는다면, 분명히 얻어갈 수 있는 것이 있다.

웹소설 작가와
독자

자, 이제 웹소설 작가와 독자의 관계에 대해 좀 이야기해 봅시다. 사실 웹소설의 독자는 작가에게 있어서 '가장 뜨거운 감자' 같은 존재가 되었다고 해도 과언이 아닙니다. 상대하기 어렵지만, 또 상대하지 않을 수 없는 존재이지요!

① 웹소설 독자는 말이 많다

종이책 시절의 독자는 말이 없는 존재였습니다. 물론 적극적인 독자들은 소설을 읽고 작가나 출판사에 연락을 해서 피드백을 하기도 합니다. 그건 예전부터 그러했지요. 하지만, 그건 어디까지나 소설이 실린 '책'과는 다른 매체, 다른 경로를 통해서 이루어지는 일입니다.

해당 소설에 대해 이전의 독자들, 혹은 동시대의 다른 독자들이 어떤 반응을 보이고 있는지 현재 독자가 충분히 알 수 있는 방법은 원칙적으로 없었습니다. 평론가의 발문, 독자들의 긍정적인 평가들이 출판사에 의해 엄선되어 책 안에서 소개될 수는 있겠지요. 하지만 불특정 다수인 일반 독자들의 피드백 하나하나를 볼 수는 없었단 말이지요.

하지만 웹소설에서의 독자는 어떨까요? 그들은 게시판에 '입장'하는 형태로 웹소설을 읽습니다. 그렇기 때문에 그들은 게시판의 참여자이기도 합니다. 게시판의 게시물을 단순히 열람하는 데 그치지 않고, 거기에 자유롭게 피드백을 할 수도 있습니다. '댓글'이라는 기능을 통해서 말이지요.

종이책의 지면과는 달리, 웹소설의 게시판은 소설의 작가뿐 아니라 독자에게도 글을 쓸 수 있는 권리를 제공합니다. 이것이 웹소설의 가장 중요한 매체적인 특성이기도 하지요.

그러다 보니 웹소설의 독자들은 작품에 대한 피드백을 즉각적으로, 자유롭게 게시할 수 있습니다. 보통은 댓글의 형태로 많이 이루어지지요. 플랫폼마다 독자들이 비평할 수 있는 게시판을 따로 만들어 놓기는 하지만, 아무래도 게시물을 직접 올리는 것보다는 댓글 형식이 더 많이 선호되는 것 같아요.

따라서 웹소설 작가들은 작품을 올리고 나서, 댓글을 통해 독자들의 피드백을 볼 수밖에 없는 처지가 되었습니다. 제가 네이버에 작품을 처음 연재했을 때, 한 선배 작가는 "네이버 시리즈 앱을 아예 몇 달 동안 깔지 말아요"라고 조언을 해주기도 했어요. 댓글을 보면 상처 받고 휘둘리니까 아예 댓글을 열람할 수 있는 방법을 스스로 차단하라는 말이지요.

어떤 면에서는 확실히 도움이 되는 조언입니다. 댓글을 아예 안 보는 것도 방법이에요. 하지만 그것은 댓글에 대한 수많은 대응 방안 중 하나일 뿐입니다. 사실 대부분의 작가들은 댓글에 그렇게 무심하지 못해요. 그리고 설사 작가 자신이 댓글을 보지 않는다 하더라도, 그게 다가 아니지요.

독자들의 피드백이 들어 있는 댓글은 다른 독자들도 볼 수 있거든요. 그래서 피드백은 반드시 작가만을 향한 것이라고 할 수 없습니다. 독자의 입장에서 보면, 댓글들은 작품의 감상 과정 안에 들어와 있는 중요한 콘텐츠거든요. 작품의 참조점 이기도 하고요.

요즘 인터넷을 통해 뉴스를 접하는 사람들은, 언론사 사이트 나 포털 사이트에 올라와 있는 기사를 댓글과 함께 읽는 데 익숙해져 있다고 하지요. 그러니까 신문기사만 읽는 게 아니 라, 다른 독자들은 그 기사에 어떻게 반응하는지까지 보아야 그 기사를 충분히 읽었다고 판단하는 사람들이 늘어났다는 거예요.

'판춘문예'라는 말을 유행시킨 '네이트 판'의 경우가 아주 극 단적인 예죠. 네이트 판의 독자들 중에 사연이 올라와 있는 본글만 읽는 사람을 찾기란 정말 어려운 일일 거예요. 그 사 연에 달린 댓글들이 정말 중요한 컨텐츠거든요.

네이트 판 정도로 댓글의 비중이 높다고 할 수는 없겠지만, 웹소설에도 비슷한 원리가 적용되고 있다고 볼 수 있습니다. 단순히 그 작품만 읽는 게 아니라, 그 작품에 대한 피드백까 지 읽어야만 직성이 풀리는 독자들이 많은 거죠. 게시물의 본 글뿐 아니라 댓글까지 조합되었을 때 '독서 경험의 전부'를 얻었다고 생각한다는 겁니다.

댓글과 관련해서는 이전 시대의 소설가나 독자들이라면 상상도 못 할 사연들이 많습니다. "나는 이 작품의 댓글란이 더 재미있어서, 본문에 대한 애정은 식었지만 댓글에 참여하기 위해 본문을 계속 본다", "오랫동안 연재를 따라가지 못한 작품은 굳이 이전 화를 읽지 않고 댓글에 정리된 지난 줄거리를 본다. 지금까지의 전개 과정을 정리해주는 댓글러가 많다" 등.

이런 사례들은 웹소설에서 댓글이 얼마나 중요한 위치를 점하고 있는지 보여줍니다. 마치 작품 본문보다 댓글이 더 중요하다고도 생각할 수 있게 하는 사례들이니까요.

따라서 작가는 자신이 댓글을 읽지 않는다고 해서 댓글의 영향으로부터 완전히 벗어났다고 생각하면 안 됩니다. 자기도 모르는 사이에 댓글들은 다른 독자들에게 꾸준히 영향을 미치고 있으니까요.

이 '말 많은'(이렇게 표현했지만 이게 부정적인 의미를 담고 있는 게 아니라는 건 눈치 빠른 독자라면 어렵지 않게 파악할 수 있을 겁니다) 독자들에게 어떻게 대응할지에 대한 고민은 이제 웹소설 작가에게는 당연하게 되어버린 과제이고 숙명이라고 할 수 있습니다.

Q. 웹소설에서 댓글은 어떻게 봐야 할까?

A. 이제는 웹소설을 구성하는 중요한 콘텐츠의 일부로 보아야 한다. 독자가 작품을 읽는 데 있어서 중요한 영향력을 행사하는 부분이다.

Q. 웹소설에서 댓글을 무시해야 한다는 의견도 많은데……

A. 악플이 많은 것도 사실이지만, 독자들의 피드백을 볼 수 있는 중요한 텍스트이다. 작가는 댓글에 어떻게 대응할지 자기 나름의 방안을 마련하는 것이 좋다.

② 웹소설 독자는 사납다

사실 "웹소설 독자는 사납다"는 말은 약간 농담이 섞여 있는 명제이기도 해요. 또 웹소설 독자들을 비판하기 위해서 사용한 표현이라고 할 수도 없어요.

이건 어디까지나 '인식의 문제'입니다. 모든 웹소설 독자가 사납다거나, 혹은 그 반대라거나 하는 것은 당연히 사실이 될 수 없으니까요. 하지만 '눈에 보이는' 독자들, 즉 댓글을 다는 독자들은 일반적으로 불만에 찬 사람들이라는 인식이 존재합니다.

이것은 웹소설 작가들의 전반적인 인식이기도 합니다. 작품에는 비판적인 댓글이 달리는 경우가 더 많아요. 그런데 그건 비판적으로 보고 있는 사람들이 많아서가 아니라, 만족하거나 큰 불만 없는 독자들은 댓글을 잘 달지 않고, 불만이 있는 독자들이 주로 댓글을 달기 때문이지요.

그래서 "부정적인 댓글에 휘둘리지 말라. 오히려 아무 말 없이 잘 보던 독자를 잃을 수 있다"는 말은 선배 작가들이 후배 작가들에게 해주는 가장 일반적인 조언 중 하나가 되었어요.

"드러나는 독자는 사나운 독자다"라는 명제가 통용되는 거지요. 이 외에도 웹소설의 독자가 사납다고 할 수 있는 근거는 또 하나가 있습니다.

장르소설과 웹소설이 얼마나 친연적인 관계인지에 대해서는 이견이 존재합니다. 웹소설을 장르소설의 일종으로 보아야 한다는 시각도 있고, 웹소설과 장르소설 사이의 차이점이 지나치게 간과되고 있다고 비판하는 시각도 있으니까요.

하지만 웹소설에서 장르 자체가 중요하다는 사실을 부정하기는 어려워요. 일단 작가가, 장르를 무시하고서 웹소설 플랫폼에서 연재를 시작한다는 것은 원칙적으로 불가능해요.

게시판을 선택해야 하니까요. 그리고 그 게시판은 장르 이름으로 나뉘어진 메뉴의 하위에 존재해요. 그러니까 웹소설의 연재를 시작한다는 것은, 곧 어떤 장르를 필연적으로 선택한다는 말이 되지요.

이전 시대의 소설은 반드시 작가가 자신의 작품이 어떤 장르에 속하는지 선언할 필요가 없었어요. 하지만 웹소설에서는 그렇지 않지요. 플랫폼의 구성 시스템 때문에라도 자신의 작품이 어떤 장르에 속하는지 밝혀야 합니다.

그러면 무슨 일이 발생할까요? 해당 장르의 문법에 익숙한 독자들이 그 작품을 읽기 전에 기대 사항들이 생긴다는 것이지요. 장르도 일종의 코드이기 때문에, 필수적으로 들어가야 하는 요소와 절대 들어가서는 안 되는, 금기에 가까운 코드들이 있습니다.

가령 로맨스 장르인데 주인공이 연애를 안 하고 주변 인물이 연애를 한다든가, 그 연애가 상당히 현실적이고 핍진한 양상을 보여서 낭만적 요소를 전혀 갖고 있지 않다든가, '재벌물'인데 도대체 주인공이 재벌답지 않은 성격을 갖고 있다든가. 이런 일이 발생하면 작품의 제목보다 장르의 이름을 먼저 보고 들어온 독자들의 화를 돋울 수 있는 거지요.

보통 독자들의 불만은 "해당 장르답지 못하다"는 내용을 골자로 하는 경우가 많아요. 해당 장르에는 반드시 있어야 하는 요소가 있는데, 그게 없는 경우에 공격적인 댓글이 나오는 거지요.

웹소설이 미래지향적이고 기존 문학의 틀을 깨는 거라고 하지만, 사실 웹소설에는 이렇게 장르의 틀이 막강한 영향력을 행사하는 경우가 많아요.

그리고 또 한 가지 문제는, 장르적인 요건들이 그렇게 고정적으로 불변한가, 하는 것이지요. 사실 그렇지 않아요. 장르 문법과 코드는 시시각각 바뀌지요.

판타지 장르에서 예를 찾아보면, 엘프는 지금은 인간보다 아름다운 존재로 그려지는 경우가 많지만 예전에는 코와 귀가 크고 턱이 뾰족한, 아름다움과는 거리가 있는 생물로 많이 그려졌지요. 오크도 마찬가지예요. 동양에서의 오크는 돼지의 얼굴을, 서양에서의 오크는 유인원의 얼굴을 하고 있는 경우가 많지요.

이런 식으로 코드가 시시각각 바뀌기 때문에, 상당히 고정적인 장르 문법을 요구하는 독자의 의견은 좀 더 상대적으로 들을 필요가 있답니다.

Q. 웹소설의 댓글은 그저 악플에
불과할까?

A. 아니다. 웹소설과 관련된
트렌드와 코드가 민감하게
반영되어 있다. 다만 사납게
반영되어 있을 뿐.

Q. 댓글은 정말 독자 모두의
생각을 반영할까?

A. 부정적인 댓글을 다는
사람들은 무시해도 된다는
의견도 있다. 하지만 결국
표면화된 부정적인 댓글은
작가의 생각보다 훨씬 더 큰
파급력을 지니기 때문에 무조건
무시하면 안 된다.

③ 웹소설 독자는 작품의 전개에 개입한다

웹소설은 연재의 형태로 유통됩니다. 그렇기 때문에 자연스럽게 독자는 이야기가 진행되는 도중에 피드백을 할 수 있는 기회를 얻게 되지요. 이제 독자들은 그저 작품의 독후감이나 비평만을 댓글에 다는 사람이 아닌 거지요.

이것은 사실 웹소설뿐 아니라 웹상에서 연재가 이루어지는 모든 종류의 서사 장르에서 발견되는 현상이라고 할 수 있습니다. 가령 웹툰에도 마찬가지로 적용될 수 있는 이야기지요.

웹툰이나 웹소설 댓글란을 보면 "앞으로 이 이야기가 어떻게 전개될 것이다"라고 예언하는 댓글들이 많이 달리는 것을 쉽게 확인할 수 있지요. 이런 건 근거 없는 예언이 아니라 그때까지 이야기가 진행되어 온 맥락에 근거한 추리인 경우가 많아요. 그렇기 때문에 생각보다 적중률도 높고, 또 독자들의 댓글이 실제로 작가가 다음 내용을 구상하는 과정에서 꽤 도움이 되는 경우도 있지요.

이런 경우는 매우 긍정적으로 작가가 독자에게 도움을 받은 경우라고 할 수 있겠지요? 하지만 서로 갈등 관계를 보이는 경우도 있어요. 가장 대표적인 게, 독자가 작가에게 앞으로의 전개 방향을 요구하는 경우예요. 물론 그것이 건의의 성격을 띠면 괜찮지만, 직설적이고 노골적인 요구를 하다가 작가가 그것을 들어주지 않았을 때에는 상당히 비판적이고 공격적인 태도를 보이는 경우도 많아요. 이런 경우에는 작가도 만만치 않게 상처를 입게 되고, 또 골머리를 앓게 되지요.

실제로 익명의 독자 중에는, 자신이 처음에는 우호적인 댓글을 달아서 작가의 관심을 유도한 뒤, 차츰 비판적인 댓글을 달아서 작가가 작품을 전개해나가는 데에 부정적인 영향을 미치고, 또 그런 방법으로 상처를 입혀 연재 중단을 하게 했다는 사연을 무용담처럼 올린 경우도 있어요. 그것을 본 웹소설 작가들은 경악을 했고, 공포에 떨기도 했지요.

물론 꾸며낸 사연일 수도 있어요. 하지만 그 사연이 충분한 개연성을 갖고 받아들여졌을 만큼, 웹소설의 댓글에는 그런 위력이 무시 못 할 정도로 잠재되어 있다는 것이지요. 모 플랫폼에서는 작가가 악성 댓글 때문에 받은 상처로 자살 기도를 했다는 사연과, 플랫폼의 이름으로 악성 댓글을 삼가기를 부탁하는 공지가 올라온 적도 있어요.

그만큼 웹소설의 독자들은 작가와 작품에 실시간으로 큰 영향력을 행사할 수 있는 존재이지요. 웹소설 작가라면 독자들과 어떤 관계를 맺어 나갈지 고민할 수밖에 없겠지요.

Q. 웹소설 독자들이 댓글로
작품 진행에 간섭하는 것은
어떻게 보아야 할까?

A. 그런 간섭을 매우 싫어하는
작가도 있지만, 수평적인
소통이 이루어지는 웹소설에서
자연스러운 현상이다.

A. 독자들의 댓글에서 작품
진행에 오히려 도움을 받는
작가들도 있을 정도이다. 댓글에
대해서는 작가 자신의 대응
방안을 정해야 한다.

5
웹소설 작가와
CP

CP는 contents provider의 약자예요. 이 책에서는 'CP업체'라는 표현을 주로 사용하겠습니다. CP업체에 대해서는 이미 앞에서 많이 언급했기 때문에 이제야 본격적으로 설명하는 것에 대해 답답함을 느낄 독자도 있을 것입니다.

웹소설에서 CP가 얼마나 본질적인 요소인가를 따지면 이견의 여지가 있습니다. 어떤 웹소설 작가는 CP업체와 전혀 관계를 맺지 않고 작품을 창작하기도 하니까요. 그런 것이 불가능한 것은 아닙니다.

하지만 웹소설의 장에서 CP업체가 차지하는 비중은 무시 못할 정도입니다. 전부라고는 할 수 없지만, 웹소설 작가들 중 대다수가 CP업체들과 상호작용을 하고 있으니까요. 따라서 CP업체가 필수불가결한 존재는 아니더라도, 웹소설의 창작과 유통을 이야기할 때 반드시 논의되어야 하는 존재입니다.

저는 CP업체 관계자 분들과 이런저런 이야기를 하는 기회가 어쩔 수 없이 많아요. 저도 처음에는 CP라는 용어가 생소해서, "결국 에이전시와 같은 거 아닌가"라고 질문한 적이 있는데, 관계자 분들이 크게 동의하지 않는 느낌이었어요.

그 후, 제 질문이 CP에 대한 몰이해에 바탕을 두고 있었음을, 더 나아가서 웹소설의 제작과 유통 과정이 예전의 종이책 제작과 유통과는 다르다는 점을 간과해서 쉽게 'CP＝에이전시'라는 등식을 세우려고 했다는 반성이 되더군요.

CP업체는 에이전시의 역할도 분명히 분담하고 있지만, 에이전시와 CP업체의 작업 영역이 동일하게 겹쳐진다고 보기는 어렵습니다. 출판사의 역할과 에이전시의 역할, 매니지먼트의 역할을 골고루 하는 게 CP업체라고 할 수 있습니다.

웹소설의 작가가 하는 일이 기존 종이책 소설의 작가와 출판사를 나누는 프레임으로 모두 설명될 수 없듯이, CP업체의 영역도 같은 프레임으로는 충분히 설명되지 않는 게 자연스러운 일이겠지요.

어쨌든 'CP'가 웹소설 영역에서만 독점적으로 쓰이는 말은 아니겠지만 웹소설과 함께 일반화된 명칭이고, 지금 시점에서는 웹소설 유통의 중요한 일부분이라고 할 수 있겠습니다. 이 CP업체의 존재가 웹소설의 유통을 다른 장르의 웹 콘텐츠들로부터도 특징적으로 보이게끔 만들어주고 있지요.

① CP업체는 에이전시의 역할을 분담한다

플랫폼 중 네이버 시리즈는 작가 개인과의 계약보다는 에이전시를 통한 계약을 선호합니다. 즉 작가와 플랫폼이 계약하는 과정에서 그 중간자의 역할을 요구하는 셈이지요.

이 경우에 작가는 전자책 업체를 찾아서 계약을 대행하기도 했지만, 지금처럼 CP업체들이 상당히 많이 생기고 유통 시장에서 중요한 역할을 하는 상황에서 웹소설 작가들은 대행 주체로 CP업체를 가장 먼저 생각하게 되었지요.

CP업체가 네이버와 같은 플랫폼과 계약을 할 때에만 에이전시 역할을 하는 것은 아닙니다. 요즘은 OSMU one source multi use 의 시대이니까요. 성공을 거둔 웹소설들이 웹툰이나 드라마, 영화로 새롭게 만들어지는 경우들이 많겠지요. 작가가 CP업체와 계약을 할 때에는 이런 2차 저작물에 대한 내용이 함께 들어 있는 경우도 많습니다.

② CP업체는 출판사의 역할을 분담한다

CP업체들의 태생은 다양합니다. 웹소설 시장의 확대와 함께 새로 창업한 업체들도 많이 있습니다. 하지만 가장 많은 유형은 출판사였던 곳이 CP업체를 런칭하는 경우입니다. 출판사에서 CP부서를 새로 만들거나, 장르소설이나 라이트노벨 출판사가 CP업체로 업종 전환을 한 경우도 있습니다.

네이버 시리즈나 카카오페이지에 연재되는 유료작품의 경우, ISBNinternational standard book number이 부여되고, 판권의 발행처와 발행인 등에 CP업체와 업체 대표, 대표 편집인의 이름이 표기되어 있지요. 이렇게 보면, CP업체는 명실공히 출판사의 역할을 하고 있기도 합니다.

일단 CP업체와 계약을 맺고 플랫폼에 작품을 연재하기로 하면, 작가는 매 화의 초고를 작성하여 CP업체에 보내줍니다. 이 과정에서 어느 정도 분담할지 협의가 필요하긴 하지만, 어쨌든 작가도 편집에 개입하고 CP업체도 편집에 개입하는 상황이 만들어져요.

작가로서는 연재분을 그대로 플랫폼에 올리지 않고, 누군가가 편집을 봐준다는 것은 상당히 든든한 일입니다. CP업체와 수익을 분배하는 비용이 지불되긴 하지만, 이런 종류의 도움은 작가 입장에서는 분명히 매력적이지요.

또한 웹소설 작가에게 있어서 예전만큼 맞춤법과 관련된 지식과 능력이 필수적인 소양은 아닙니다. 웹소설 작가 중에는 맞춤법을 잘 지키지 못하는 사람들도 많지만, 그게 작가의 작품을 평가하는 데 있어 치명적인 단점이 되지 않는 것이지요. 하지만 결국 그런 작가의 작품도 독자에게 잘 전달되기 위해서는 편집과 교열을 거쳐야겠지요. 그런 일을 대신 해준다는 점에서, CP업체의 역할은 꽤 도움이 되는 편입니다.

한편, CP업체는 작품의 일러스트를 찾는 데 도움을 주기도 합니다. 작가가 직접 찾기도 하고 CP업체가 찾아주는 경우도 있습니다. 기존의 출판사 역할을 작가가 분담할 것인가, CP업체가 분담할 것인가의 선택지가 발생하는 셈이지요.

거기에 더해서, CP업체는 작품 홍보와 관련해서 중요한 역할을 하기도 합니다. 작가도 역시 홍보 주체로 참여할 수 있지만, 업체가 할 수 있는 영역과 작가 개인이 할 수 있는 영역은 아무래도 차이가 있겠지요. 그래서 작가도 나름대로 홍보를 하고, 또 업체는 업체대로 자신의 방식으로 홍보를 하는 협업 형태를 많이 보여주더군요. 출판 주체의 역할을 CP업체와 작가가 분담해 가는 좋은 사례라고 할 수 있겠습니다.

③ CP업체들은 매니지먼트의 역할을 분담한다

어떤 CP업체들은 매니지먼트의 역할을 하기도 합니다. ①과 ②는 거의 모든 업체들이 예외 없이 제공하는 서비스이지만, ③의 경우는 업체에 따라 다릅니다.

가령 제가 계약을 맺고 있는 CP업체 중 하나는 — 예를 들어 그 업체를 ○○업체라고 합시다 — '○○작가 단톡방'을 만들기도 하고, 또 자체 사이트를 만들어서 작가들을 가입시키기도 합니다. 웹소설 작가들에게 '○○의 작가'라는 정체성을 부여함으로써 소속감을 느끼도록 하는 것이지요.

이 과정에서 친한 작가들도 생기고, 나아가서 작가 공동체도 형성되지요. 신인 작가에게 선배 작가를 멘토로 소개해주기도 해요. 이런 식으로 작가 공동체를 형성하는 것은 작가의 장기적인 작품 활동에 도움을 주기 위한 일이기도 하고, 업체의 작가 풀pool을 재생산하는 데 유리한 일이기도 하지요.

유료 웹소설의 연재 주기는 기본적으로 주 5회 이상이 요구되는데, 사실 이 주기를 별 문제 없이 잘 맞출 수 있는 생산력을 갖춘 작가는 많지 않습니다. 하루에 5,000자. 200자 원고지로 계산하면 25매. 그리고 일주일에 125매, 많으면 200매. 쉽게 할 수 있는 일이 아닙지요.

그러다 보니 마인드컨트롤이 필요해질 수밖에요. 그래서 전화를 자주 걸어 작가의 창작을 독려하는 업체나 담당자들도 많다고 합니다. 업체의 방침에 따라, 그리고 업체의 작품 담당자, 혹은 작가 담당자의 성향에 따라 세부적인 내용이 달라지긴 합니다만, 어쨌든 이런 식으로 작가와 작품의 매니지먼트에도 적극적으로 참여하는 것이 CP업체입니다.

지금까지 열거한 ①~③의 일은, 모두 '이론상으로는' 작가 혼자서도 할 수 있는 일이긴 합니다. 하지만 실질적으로 현재 유통되는 작품들은 제작과 유통의 과정에서 상당 부분을 CP업체에게 맡기곤 합니다. 그리고 이런 경험과 사례들이 축적됨으로써, CP업체는 웹소설의 제작과 유통에서 중요한 지점으로 자리매김하게 된 것이지요.

웹소설의 작가라면 이 CP업체들과의 관계, 협업을 어떻게 설정할 것인가를 고민하는 것이 자연스러운 일입니다. CP업체들 중에서는 전직 작가였던 분이 CEO를 맡아 작가에게 상당히 우호적인 정책과 환경을 제공해주는 사례들도 있습니다. 하지만 불공정 계약을 강요해서 작가들을 결과적으로 착취하는 업체도 생길 수 있습니다. 따라서 웹소설 작가로서 활동하기 위해서는, 본인이 관계 맺을 업체의 성향이나 특성에 대해서 항상 파악할 준비가 되어 있는 것이 중요합니다.

Q. CP업체는 실질적으로 작가에게 도움이 되나?

A. 작가가 해야 하는 일이 많아졌기 때문에, 그 부분을 분담해줄 수 있고 또 노하우를 공유할 수 있는 CP업체는 도움이 되는 경우가 많다.

A. 다만 CP업체들도 정책이나 특성상 많은 차이가 있으므로, 해당 업체에 대한 정보를 적극적으로 수집하는 게 좋다.

자, 지금까지 웹소설 작가가 해야 할 일, 또는 신경 써야 할 일들에 대해서 알아보았습니다. 엄청나게 많지요? 창작을 뺀 이야기인데도 이렇게 많습니다. 그리고 상대해야 하는 사람들, 염두에 두어야 하는 사람들도 다양하지요. 웹소설이라는 것이 기존의 소설과는 이렇게 다른 양상의 '일'을 요구하는 양식이 되었다는 것을 알아두는 것은 작가 입장에서 손해 보는 일이 아닐 것입니다.

다음 장에서는 웹소설을 실제로 창작하는 일들에 대한 이야기들을 해보도록 하지요.

III

웹소설의

규범

웹소설에도 규범convention이 있습니다. 웹소설을 기존 소설과 비교하다 보니, 그리고 그것을 어떤 '오래됨과 새로움'으로 대립시켜 설명하다 보니, 소설과는 달리 웹소설에는 규범이 없는 것처럼 이야기되는 경우가 있는데, 사실 그렇지 않습니다. 오히려 어떤 규범들은 상당히 폭력적으로 웹소설 작가에게 강요되기도 합니다.

웹소설은 많은 사람들이 이야기하는 것처럼 열려 있는 양식입니다. 그리고 이전 시대의 소설과 문학이 가지고 있는 낡음의 상징들, 예를 들면 부당하게 성립되거나 유지되는 문단 권력, 엘리트주의, 비합리적인 규범과 폭력성 등을 없애거나 줄일 수 있는 양식이기도 하고요.

일단 그 이유는 '웹'이라는 환경이 가지고 있는 '열려 있음'에도 있고요, 또 새로운 양식이라는 점에서도 그러하죠. 이 새로운 양식에 참여하는 사람들이 기존의 소설 질서에 대해 상당한 문제의식과 반감을 갖고 있기도 하고요.

하지만 그렇다고, 웹소설의 본질에 규범과 반대되는 에너지가 존재한다고 보면 안 됩니다. 웹소설을 쓰고 읽는다는 것만으로 기존 소설을 대하던 '낡은 태도'로부터 자동적으로 벗어날 수 있다고 생각하는 것도 곤란하고요.

장르의 '규범'이라는 것은 누군가가 나서서 먼저 만들고 선 언하는 것이 아닙니다. 모세가 십계를 받아서 선포할 때 거기에서 보이는 것은 마치 법칙 자체가 그 법칙이 관여하고 있는 현상보다 선행할 수 있다는 믿음이지요. 하지만 그건 종교에서나 가능한 이야기이고, 인간사에서 그런 일은 거의 일어나지 않습니다.

장르는 완성되지 않습니다. 끊임없이 변화하는, 영원히 미완성의 상태로 존재하지요.

하지만 사람들은 그 변화의 단면을 딱 잘라서, 거기에서 법칙을 발견하고, 다시 그 법칙을 선언합니다. 그리고 그 법칙은 사실 귀납적으로 밝혀지거나 만들어진 것임에도 일종의 권력을 발휘합니다. 모두가 지켜야 하는, 지키지 않으면 누군가가 화가 나는, 그런 것들이 되는 거죠.

웹소설의 규범들도 마찬가지입니다. 웹소설에서 하위 장르가 차지하는 역할은 큽니다. 그리고 그 장르에는 규범이 생성되기 마련입니다. 가령 "추리소설의 범인은 신비한 능력을 가진 인물이어서는 안 된다" 같은 규범들이지요. 우리가 추리소설을 읽을 때나 로맨스를 읽을 때에 작가가 넘어서는 안 될 선이 있다는 믿음이 생기는 겁니다.

이것이 규범이죠. 과학적인 법칙처럼 만고불변도 아니고, 또 어떤 절대적인 권력을 가진 자가 나타나 선언한 적도 없는데, 많은 사람들이 어느새 공유하고 있고, 그것을 지켜야만 하는 것으로 받아들이는.

하지만 규범은 원래부터 그런 속성을 갖고 있기 때문에, 유한하고, 또 변화무쌍합니다.

앞에서 예로 든 "추리소설의 범인은 신비한 능력을 가진 인물이어서는 안 된다"는 규범은 20세기에는 너무 당연한 말이었습니다만, 지금 독자 여러분들에게는 좀 다르게 느껴질 겁니다. "응? 꼭 그래야 되나? 요즘 추리물에는 마법이 등장하는 경우도 많잖아?" 이런 식으로요.

장르의 규범은, 반드시 지켜야 하는 것으로 존재하는 것은 아닙니다. 하지만 웹소설의 독자들은 그런 규범이 지켜지지 않았을 때 화를 내고 강한 불만을 표시합니다. 웹소설 작가들이 가장 무서워하는 '하차'(독자가 작품 읽는 것을 그만두는 일을 표현하는 웹소설 업계 용어. 작가들은 '하차합니다'라는 말을 가장 싫어합니다! 얼마 전에는, 이 말이 싫어서 버스 카드 찍기가 싫다고 투덜거리는 작가 덕분에 한참 웃었지요)를 선언하기도 하지요.

그렇기 때문에 실제로 규범은 권력을 발휘합니다. 그러니 그 것을 무시할 수도 없지요.

웹소설 작가가 규범을 대하는 태도도 본질적으로는 거의 차이가 없습니다. 현재 규범을 무시할 수 없으면서도, 그 규범이 시시각각 변화하는 과정을 끊임없이 체크하고 거기에 대비해야 하는 거죠. 규범을 지키지 않으면 독자를 화나게 할 것이고, 너무 잘 지키면 자신의 작품을 과거에 머무는 구태의연한 것으로 만들 것입니다.

Q. 웹소설의 규범은 기존 소설과 동일한가?

A. 그렇지 않다. 규범 자체가 변화하기 때문에, 소설 안에서도, 웹소설 안에서도 규범은 끊임없이 변화한다.

A. 따라서 웹소설 작가는 규범의 변화 과정을 끊임없이 체크해야 한다!

1
장르와

규범

규범은 장르를 규정하고 지탱합니다.

세계 최초의 추리소설이라고 하는 작품은 에드거 앨런 포의
「모르그 거리의 살인」입니다. 최초의 추리소설인데, '무려',
복잡한 트릭의 상징으로 여겨지는 밀실살인입니다. 오귀스
트 뒤팽이라는, 셜록 홈스나 에르퀼 포와로에 비견될 수 있
는 탐정 캐릭터도 나오지요. 상당히 잘난 척을 해댑니다. 오
직 추리로만 문제를 해결하고, 또 범인을 알아냈을 때 독자가
"과연 그렇구나"라고 이해할 만한 요소들을 갖추고 있습니
다. 논리적으로 범인 찾기가 진행된다는 말이지요. 추리소설
의 일반적인 특성, 즉 규범들을 잘 공유하고 있습니다.

작가인 포는 이런 설정들을 구상하면서, 과연 본인의 작품이
나중에 생길 '추리소설' 장르의 규범들을 만들어내는 계기가
될 거라고 생각이나 했을까요? 그럴 리가 없겠지요? 추리소
설의 창시자가 포일 수는 있어도, 포가 추리소설의 규범을 만
들어낸 사람이라고 할 수는 없습니다.

장르가 생기기 위해서는, 장르의 효시가 되는 작품의 흉내내기, 혹은 아류작이 필요합니다. 한 작품만 있는 장르가 존재한다는 것은, 엄밀히 말하면 형용모순이지요. 그런 말을 하기는 합니다만, 그것은 그 작가나 작품에 대한 찬사를 담은 비유적인 표현입니다.

장르가 정립되는 것은, 효시가 되는 작품을 따라한 작품들이 나온 이후입니다. 추리소설이라는 장르를 실제로 정립한 작품을 『셜록 홈스 시리즈』라고 해보지요. 코난 도일의 홈스는 앨런 포의 뒤팽의 성격을 상당 부분 공유합니다. 잘난 척, 논리에 대한 집착, 그 논리를 통한 수수께끼 풀이, 다시 잘난 척.

여기에서 규범이 발생합니다. 추리소설의 주인공인 탐정과 관련된 규범은, 뒤팽이라는 캐릭터 혼자 존재할 때가 아니라, 그 뒤팽을 따라한 캐릭터가 나오고, 그들이 공유하는 특질이 나타났을 때 만들어지는 것입니다.

따라서 장르가 생기기 전에 장르의 규범이 먼저 생겼다고 하는 것은 아주 흔하지만 심각한 오류가 됩니다. 왜냐하면 이 오류가 전제가 되면 장르의 규범을 매우 고정적인 것으로, 그리고 그것을 폭력적으로 재생산해야 하는 것으로 여기기 십상이기 때문이죠.

어쨌든 장르는 이런 규범에 의해 지탱됩니다. 규범이 없는 장르란 무의미하지요. 하지만 이 규범이 상당히 귀납적인 것이라는 사실을 알아둘 필요가 있습니다.

'웹소설'도 장르 명칭이고, 웹소설의 하위 장르인 '로맨스 웹소설'도 장르 명칭입니다. 그리고 이 장르들에 대한 수많은 규범이 제시가 되고 있지요.

요즘 제가 가장 많이 접하는 웹소설에 대한 규범은 다음과 같은 명제입니다.

— 웹소설의 본질은 '대리만족'이다.

상당히 흥미로운 주장이 아닐 수 없습니다. 아, 흥미롭다고 해서 제가 이 말을 얼토당토않은 것으로 여기는 것은 아닙니다. 오히려 상당히 동의하고 있는 명제이기도 합니다.

최근 웹소설 작가들, CP업체와 그 담당자들, 그리고 독자들은, 웹소설을 쓰고 읽으면서 이 명제를 상당히 염두에 두고 있는 것으로 보입니다. 저도 웹소설을 쓰면서 CP 담당자에게, 그리고 독자에게 자주 요구받는 것이기도 하고요.

이 명제는 당연히, 생긴 지 얼마 되지 않았습니다. 하지만 삽

시간에 웹소설의 주류 규범의 지위를 획득한 것으로 보입니다. 웹소설의 독자들은 이제 상당수가 '대리만족'을 기대하며 작품을 접하고, 그 작품에서 이 부분이 제대로 충족되지 않으면 실망감을 표하기도 합니다.

사실 이 규범은 엄청나게 힘든 조건이 되기도 합니다. 왜냐하면 이 '대리만족'을 실제로 구현하기 위해서는 여러 가지 부대 조건들을 만족시켜야 하기 때문이죠.

일단 철저한 주인공 위주의 서사가 되어야 합니다. 주인공에게 초점이 완전히 모아져야 하지요. "웹소설은 대리만족의 서사이기 때문에, 주인공으로부터 초점이 벗어나는 것은 좋지 않다"는 조언을 듣는 경우가 많습니다. 그런데 문제는, 웹소설의 호흡이 상당히 길다는 거죠. 『삼국지』의 경우 작품의 초점이 유비한테 갔다가 조조한테 가는 식으로 왔다 갔다 하는데, 이제 웹소설에서는 웬만하면 그러지 말아야 할 금기가 된 겁니다.

주인공이 당하는 모습을 보이는 것도 좋지 않습니다. 주인공의 위기는 나온다고 하더라도 금세 극복되어야 합니다. 또한 주인공은 성공에 대한 집착을 갖고 있되, 사악해서도 안 되고, 우유부단해서도 안 됩니다. 그야말로 웹소설 독자인 소시민들의 욕망과 성격을 대변하는 인물이어야 하는 것이지요.

이런 제약들이 생기는 바람에, 요즘에는 "웹소설은 1인칭으로 써라"라는 조언들도 많이 유통됩니다. 장르소설은 3인칭이 정석이었던 시대가 상당히 오래인데, 웹소설에서는 주인공에 집중해야 하니까 아예 1인칭으로 하는 것이 독자의 요구를 반영하기가 더 쉽다는 이야기겠지요.

하지만 저는, 이 "웹소설의 본질은 대리만족이다"라는 규범이 현재 막강한 위치를 차지하고 있는 것은 사실이지만, 장르가 소멸할 때까지 오래 가지는 못할 거라는 생각을 하고 있어요. 이에 대한 대항 담론이 나오고, 그것을 통해서 이 규범이 깨지거나 수정될 여지가 상당하다는 것이지요.

아무래도 '대리만족'이라는 것이 강제하는 조건이 너무 많으니까요. 상업적인 목적을 강하게 띠는 작품들은 그 규범을 잘 지키는 것으로 보이지만, 곧이곧대로 지키지 않고 횡단하려는 작품들도 많이 생길 것이라고 전망합니다.

자, 이렇게 어떤 장르가 생기면 규범이 그에 따라 생겨나는 것은 지극히 정상입니다. 웹소설도 예외는 아니고요. 그러나 지금까지 이야기가 진행된 것을 보면 독자분들도 예상하시겠지만, 현재 통용되고 있고 완성된 것으로 보이는 규범을 달달 외우기만 하는 것은 그다지 바람직한 일은 아닙니다.

사실 규범을 철저하게 따르는 작품을 쓰는 것이 웹소설 장에서 그렇게 나쁜 선택은 아닙니다. 하지만「전지적 독자 시점」이나「재벌집 막내아들」처럼 웹소설 전체를 대표하는 작품들은, 해당 작품들이 속한 웹소설 하위 장르들의 문법을 가장 철저하게 따랐기 때문에 그 정도 성과를 올렸을까요?

오히려 그런 작품들은 규범을 따르는 듯하면서도, 그 규범을 묘하게 비트는 부분을 여러 군데에서 보여줍니다. 비틀어진 규범은 그 작품을 기발한 것으로 만드는 데 그치지 않습니다. 규범 자체에 균열을 내기 때문에, 그 규범이 변화하거나, 혹은 규범 자체가 무화되는 계기로 작용하기도 하지요.

또 하나의 예를 들어볼까요? 원래 좀비는 지능이 없고 매우 느리게 움직이는 존재였습니다. 하지만 2000년대 이후 영화 속의 좀비들은 빠르게 달리기도 하고 엄청난 점프력을 보여주기도 하지요. 20세기의 느린 좀비에 익숙한 사람들은 "무슨 좀비 영화가 이래?"라고 불쾌감을 표했지만, 빠른 좀비를 다룬 작품들이 늘어나면서, 뛰어다니는 좀비를 봐도 더 이상 관객들이 놀라거나 실망하지 않는 시대가 되었죠. 이런 게 규범이 바뀌는 사례입니다.

이런 것을 전제로 삼아 규범에 대한 이야기를 좀 더 해보도록 합시다.

Q. 규범은 한번 정해지면 변화하지 않나?

A. 그렇지 않다. 규범은 구성원들을 구속하기도, 또 구성원들에 의해 변화하기도 한다.

A. 작가는 규범을 충실하게 따를 수도 있고, 또 비틀거나 도전할 수도 있다!

2
규범과
클리셰

클리셰cliché는 대중 예술에서 이제 너무 자주 쓰이는 말이 되었습니다. '클리셰'라는 말의 정의를 살펴볼까요?

— 진부하거나 틀에 박힌 생각 따위를 이르는 말
— 영화, 노래, 소설 등의 문학이나 예술 작품에서 흔히 쓰이는 소재나 이야기의 흐름*

검색을 해보면 대략 이런 정의들이 나옵니다. 하지만 장르문학에서 클리셰는 또 다른 의미로 쓰이기도 합니다.

규범과 클리셰를 나누어서 설명하기도 하는데, "장르마다 반복되는 진부하고 반복적인 설정"을 규범, "장르 내부에 존재하는 상투적인 표현, 개념, 생각 등"을 클리셰라고 합니다.**

---

* 네이버 오픈 사전 https://ko.dict.naver.com/#/search?query=%ED%81%B4%EB%A6
  %AC%EC%85%B0&range=all
** https://terms.naver.com/entry.nhn?docId=2115057&cid=50405&category
   Id=50405

그런데 이 설명을 들어보면, 규범과 클리셰 사이의 경계가 별로 뚜렷하지 않다는 것을 금방 알 수 있습니다. 규범은 좀 크고 넓은 차원에서의 격식, 클리셰는 더 좁은 의미에서의 격식이라고 할 수 있습니다. 그리고 넓고 좁은 것의 경계는 상당히 불분명하게 존재하고요.

한 학위 논문에서는 "한국 장르판타지에서 하나의 예를 들자면 오크는 소재적 관습이 될 수 있다. 하지만 장르판타지에서 오크들의 말버릇인 '취익—!'과 같은 표현은 클리셰가 된다."*라는 예를 들고 있기도 해요. 상당히 좋은 예이지만, 규범과 클리셰를 완전히 구분할 수 있는 기준을 제시하지는 못하고 있습니다. 사실 인문학적 개념은 그 경계들 사이를 완벽하게 가를 수 없거든요. 그렇기 때문에 한쪽은 큰 차원의 격식, 다른 한쪽은 작은 차원의 격식을 지칭하는 것이라고 이해하는 정도에서 머무는 것이 가장 좋은 결론이라고 봐요.

어쨌든 판타지를 즐기는 독자들은 아름다운 엘프, 못생긴 오크가 나오는 작품을 보면 안심하면서도 식상함을 느낄 수 있습니다. 그렇기 때문에 '잘생긴 오크'라는 설정을 쓰면 그것

---

* 구본혁, 「한국 장르판타지의 개념과 장르 관습」, 고려대학교 석사학위 논문, 2015, 36면.

은 규범이나 클리셰를 깨는 모험이면서, 독자에게 신선함을 줄 수도 있고 불쾌감을 줄 수도 있지요.

로맨스 장르에서도 예를 들어볼까요? 우연히 만나 사랑에 빠진 상대가 대기업 회장의 숨겨진 손자였다. 아니면 사귄 지 3년 되어도 전혀 그 사랑이 식지 않는 상대가 사실은 내 사촌 오빠였다. 이런 것들이 클리셰이지요.

이런 설정들이 처음에는 독자들에게 신선함을 주고 충격을 주는 새로운 것이었을 겁니다. 하지만 다른 작품에서 워낙 많이 재사용되고 변주되다 보니 식상해지는 것이지요.

앞에서 인용했던 사전적 정의들에서도 알 수 있듯이, 규범이나 클리셰는 상당히 부정적인 뉘앙스를 내포하면서 통용되는 말이기도 합니다. 따라서 웹소설 작가로서 이런 규범이나 클리셰를 철저히 따르는 쪽이 될지, 그 반대가 될지 선택할 수 있는 여지가 열려 있다고 생각하는 것이 좋습니다.

'웹소설의 규범'이라고 할 때, 일반적으로는 규범과 클리셰를 통칭하는 경우가 많습니다. 하지만 규범과 클리셰라는 말을 서로 구별하여 쓰기도 하지요. '분류'라는 말이 '구분'과 '분류'의 총칭으로 쓰일 때도 있고, '구분'과 대립되는 좁은 의미의 '분류'를 지칭하는 말로 쓰일 때도 있는 것처럼요.

어쨌든 규범의 층위를 세분화하는 것은 창작의 과정에서, 그리고 비평의 과정에서 도움이 되는 것은 분명한 사실입니다. 하지만 규범만 지키고 있으면 규범과 함께 몰락할 수 있다는 사실도 염두에 두어야겠지요!

Q. 규범과 클리셰는 어떻게 구별되나?

A. 클리셰는 장르 안에서 빈번하게 재사용된 표현이나 화소를 가리킨다. 규범보다는 좀 더 좁은 단위를 나타낸다.

A. 규범이나 클리셰를 완벽하게 구별할 수는 없다. 이전 시대에는 클리셰이던 것이 규범으로 취급받기도 한다.

3
'~물'이라는
명칭

얼마 전 세미나 자리에서 흥미로운 대화를 나눈 적이 있습니다. 20세기 사람들은 '장르'라는 말을 들으면 머릿속에 집합을 떠올리는데, 21세기 사람들은 해시태그(#)를 떠올린다고요. "그게 그거 아니냐"고 할 수도 있겠지만, 사실 상당히 다른 마인드입니다.

가령 어떤 작품에 집합적인 장르 관점으로 접근한다면, 그 순간 배타성이 개입됩니다. "이 작품이 현대판타지라면 로맨스는 아니겠구나. 로맨스판타지라는 명칭이 따로 있으니까." 이런 식으로요. 장르 간의 교집합이 허용되지 않는 것은 아니지만, 이런 마인드로 접근하면 어떤 작품이 다양한 장르에 동시에 해당된다고 보기는 좀 어려워집니다.

그런데 해시태그적인 장르 관점으로 접근하면 어떨까요?

어떤 작품에 대해 **#로맨스 #판타지 #로맨스판타지 #사이다 #까칠주인공 #회귀물 #재벌물**……, 이런 식으로 여러 가지 해시태그를 써서 작품의 장르를 표현하는 것이지요. 웹소설의 장에서 통용되는 장르 개념은, 이런 식으로 무한히 갖다 붙일 수 있는 해시태그의 형태로 사용되는 경향이 확연합니다. 장르끼리 서로 배타성이 없는 것이지요. ^{그림24} ^{318쪽}

이런 이야기를 전제로 해서, 웹소설의 장르 논의에서 빠져서는 안 될 '~물'이라는 명칭에 대해 논의해 봅시다.

'~물'이라는 말은 사실 웹소설 이전에도 많이 쓰여 왔습니다. '물'은 '이야기'를 뜻하는 일본어 '모노가타리'物語의 '물'物에서 왔다는 설이 가장 유력하지요. 이전에는 장르 명칭 중에서 가장 넓은 개념으로 쓰였어요.

가령 '공포물'이라고 하면, 예전에는 '공포소설'과 '공포영화', '공포만화'를 통칭하는 개념이었지요. 그러니까 '공포소설'이라는 장르 개념보다 더 층위가 높은 개념인 셈이지요. '공포'와 관련된 이야기상의 요소들이 있고, 그 요소를 포함하고 있으면 '공포물'이라고 하는 거예요.

반면, 웹소설의 '~물'은 더 낮은 층위의 장르로 쓰이기도 해요. '재벌물', '회귀물', '이세계물' 등이 그것이지요. 지금 예를 든 '~물' 명칭들은 모두 '판타지 웹소설'의 하위 장르가 되지요.

사실 '공포물'처럼 높은 층위의 '물'이나, '재벌물'처럼 낮은 층위의 '물'이나, 층위는 다르지만 '무엇과 관련된 이야기, 혹은 이야기 구조'를 포함하고 있기 때문에 그런 명칭이 붙는다는 점에서는 공통점을 갖고 있어요.

'재벌물'을 예로 들어볼까요? '재벌물'은 '재벌소설'이라는 장르 명칭이 아직 확립되지 않았기 때문에, '판타지'의 하위 개념으로 인식되지요(하지만 이런 층위 관계는 시간이 지나면 얼마든지 바뀔 수 있어요).

그런데 재벌이 등장한다고 해서 무조건 '재벌물'로 독자에게 인정받는 것은 아니에요. 그것보다는 좀 더 까다로운 요건을 만족시켜야겠지요.

일단 주인공이 재벌이어야겠지요? 주변 인물이 재벌이라고 해서, 혹은 주인공이 재벌가 며느리가 된다고 해서 재벌물이 되는 것은 아니에요. 재벌가 수뇌가 되어서 경영권, 상속권, 재산권 등에 대한 경쟁이나 암투가 있어야 최소한의 요건이 충족되겠지요.

그리고 그 경쟁이나 암투에 있어서 주인공이 반드시 승리해야 한다는 조건도 있습니다. 주인공을 이용하려는 사람들과의 두뇌싸움에서 승리하고, 오히려 그들에게 역으로 공격을 가하는 에피소드도 필요하고요.

이런 조건들이 충족되었을 때 우리는 '#재벌물'이라는 해시태그를 붙일 수가 있겠지요. 또, 이런 조건들이 충족되었다 해도, 여전히 다른 '~물' 명칭과 해시태그를 붙일 수 있지요.

이렇게 해시태그와 비슷하게 쓰이는 '~물' 명칭은 장르에 대한 인식과 관점을 좀 더 유연하게 만듭니다. 작품이 종속되는 장르를 나타내는 것이 아니라, 작품에 대한 소개나 설명을 효율적으로 하기 위해 장르 명칭이 쓰이도록 변화를 이끕니다.

하지만 '~물'이라는 명칭이 갖고 있는 이러한 유연성은, 웹소설 플랫폼들이 탑메뉴 형태로 제공하는 장르 명칭의 폐쇄성과 부딪히거나 서로 싸우기도 합니다.

앞 장에서 이야기했던 것처럼 웹소설 작가는 웹소설 플랫폼이 제공하는 게시판을 골라서 연재를 해야 합니다. 그런데 그 게시판 메뉴로 되어 있는 장르는 이런 해시태그의 성격보다는 상당히 배타적인 집합의 성격을 갖고 있지요.

작가가 "내 작품은 무협이기도 하고 판타지이기도 한데……" 라고 생각한다 해도, '무협판타지'라는 메뉴를 플랫폼이 제공하지 않는 한, 결국 둘 중 하나를 택해야 하겠지요.

이렇게 웹소설의 장르는 상호배타적으로 작동하기도 하고, 또 해시태그처럼 얼마든지 서로 중복될 수 있기도 합니다. 한마디로 장르와 관련된 머릿속 지도는 상당히 복잡하게 존재하는 것이지요.

'~물'이라는 명칭과 관련된 상황을 보아도 매우 복잡합니다. '~물'이라는 명칭이 갖고 있는 어떤 조건들을 강조하는 관점에서는 이 명칭이 작품의 내용을 강제하는 강력한 규범으로 작동하는 것처럼 보일 수 있어요. 하지만 해시태그처럼 이용하는 '~물'로 접근을 하면, 훨씬 느슨하고 귀납적인 개념으로 느껴질 수도 있지요.

어쨌든 웹소설을 쓰고 읽는 사람이라면, 이 '~물'이라는 개념에 익숙해져야 하는 것이 사실입니다. 하지만 이 '~물'이라는 명칭에 여러 가지 층위의 의미가 숨어 있고, 이 개념에 어떻게 접근하느냐에 따라 장르를 대하는 태도가 달라지기도 하기 때문에, 이런 점들에 대해서 우리는 항상 고민을 하고 상황을 주시해야 할 필요가 있지요.

Q. '~물'이라는 개념이 다른 장르 개념과 어떻게 다른가?

A. 웹소설 상에서 '~물'은 해시태그(#)의 성격을 지닌다. '추리소설'이라는 장르 명칭과 달리, '재벌물'은 한 작품 안에서 '공포물', '사이다물', '피폐물' 등 여러 명칭과 쉽게 병렬적으로 결합한다.

A. '~물'은 장르적 요소를 훨씬 부담 없이 붙일 수 있는 명칭이기도 하다.

4
규범과 코드,
그리고 트렌드

규범은 코드code의 일종입니다. 코드는 '문화적 약속'을 의미하지요.

"자연계 연구자는 변하지 않는 자연법칙을 전제로 공부하고, 인문계 연구자는 항상 변하는 코드를 전제로 공부한다. '그때는 맞고 지금은 틀리다'라는 말이 너무나 자연스러운 게 인문학이다. 골치 아프다"라는 말을 학생들에게 많이 합니다.

좀 딱딱한 말이지만 골자는, 어떤 법칙을 '코드'로 보는 것은 결국 코드가 갖고 있는 가변성을 무시하지 않고 접근하겠다는 것입니다.

문학 예술의 모든 규범은 코드로 존재합니다. 어떤 코드는 수명이 짧기도 하고, 어떤 코드는 수명이 길기도 합니다. 하지만 코드가 작동하고 있고, 여러 사람에게 공유되어 있을 때에는 마치 그것이 영원할 것처럼 느껴지고 너무나 객관적인 것처럼 느껴지는 게 문제입니다.

가령 "웹소설은 대리만족의 장르이다"라는 규범이 그러합니다. 이걸 믿는 사람들에게 이 말은 상당히 객관적으로 보이고, 이 명제를 공유하지 못하는 사람들은 기본도 안 된 한심한 사람으로 보이기도 하지요.

문화적 코드를 예로 들어볼까요? 20세기 후반까지만 해도 "강의실에서 모자를 쓰는 것은 무례한 행동이다"라는 규범이 상당히 저변을 확대하고 있었습니다. 1990년대 대학교 복도에서는 넥타이를 매지 않았다는 이유로 강사가 (선배이기도 한) 교수에게 뺨을 맞는 일이 발생하기도 했어요. "강의하는 사람이 정장을 하지 않은 것은 기본을 지키지 않은 것이다"라는 명제가 있었으니까요.

당시 사람들에게 이런 규범의 외부는 잘 보이지 않습니다. 불과 20년이 지난 지금 돌이켜 보면 상당히 해괴한 규범인데도 말이지요. 웹소설의 여러 장르 규범들도 그것의 유효기간이 끝난 상황에서 돌이켜 보면 상당히 해괴한 게 많습니다.

예를 들어, 녹스Ronald Knox(1888~1957)란 사람이 만든 추리소설의 규범인 '녹스의 십계'에는 다음과 같은 항목이 있습니다. "추리소설에는 중국인이 등장하면 안 된다." 왜냐하면 20세기 초반에는 동양인들이 등장하면 소설에 신비적인 요소가 가미된다는 코드가 존재했기 때문이지요. 논리적으로 이야기가 풀려야 하는 추리소설에 있어서는 상당한 금기가 되는 겁니다. 하지만 지금 와서 생각해 보면 어떤가요? 우스울 뿐 아니라, 인종차별적이라서 끔찍하기까지 하지요.

결국 규범은 만고불변이 아니고, 그것이 코드로서 폭넓게 공유되는 것 자체가 '트렌드'적인 현상인 것입니다. 규범은 바뀌지 않고, 무언가 변화하는 트렌드가 따로 존재한다고 보는 것은 그런 의미에서 위험한 관점입니다.

규범 자체가 트렌드를 구성하는 중요한 요소라는 것, 그리고 트렌드에 따라 그 규범에 대한 태도도 바뀐다는 것. 이 점을 명심해야 한다는 것은 여러 번 이야기해도 과하지 않을 정도로 중요합니다.

그럼 이 얘기를 준거로 해서, 다음 장에서는 현재 웹소설을 구성하고 있는 다양한 하위 장르를 알아봅시다.

Q. 웹소설을 코드 이론으로 접근해야 하는 이유는?

A. 한마디로 끊임없이 변화하는 것에 대해 적응하기 위해서이다.
규범을 코드로 보아야, 그것이 여러 조건에 의해 변화할 수 있다는 것을 염두에 둘 수 있다.

IV

웹소설의

하위 장르

자, 그럼 웹소설의 하위 장르들에 대해서 알아봅시다. 사실 어떤 독자들에게는 가장 기대가 되는 부분이기도 할 겁니다. 하지만 이 책에서는 각 장르에 대한 정답이라고 할 수 있는 솔루션을 주는 것을 목표로 하고 있지는 않아요.

웹소설의 하위 장르의 역사나 작법에 대한 논의는 서론에서 밝혔던 것처럼 지금 시중에 나와 있는 단행본들이 가장 힘을 주어서 하고 있는 부분이기도 해요. 그렇기 때문에 이런 장르들에 대한 작법보다는 좀 다른 방향에서 접근해서 이야기하도록 하겠습니다.

이 하위 장르들은 반드시 웹소설의 하위 장르라고만 할 수는 없어요. 가령 장르소설의 판타지와 웹소설에서의 판타지가 같은 대상인지 생각해 볼 필요가 있지요. 영화에서의 SF와 소설에서의 SF도 무조건 같은 개념이라고 접근하면 위험하겠지요?

많은 웹소설 관련 단행본들이 각각의 하위 장르에 접근할 때 '무엇의 하위 장르로서의 무엇', 그러니까 예컨대 '웹소설의 하위 장르로서의 판타지'라는 식으로 접근하지 않는 경우가 대부분이에요. 하지만 이 책에서는 철저히 웹소설의 하위 장르로서 이 대상들에 접근하려고 해요.

예컨대 '판타지'라고 한다면, 판타지의 개념이라든가, 판타지 장르의 역사라든가, 하는 것을 다루는 것이 아니라, 웹소설 장에서 통용되는 하위 장르로서의 판타지와 관련된 규범, 코드, 트렌드 등을 다루려고 하는 것이지요.

이 점을 염두에 두고, 세부 장르들에 대한 논의를 차근차근 진행해 보도록 합시다.

1

현재 웹소설에서 가장 대표적인 장르를 꼽으라고 한다면 바로 판타지를 꼽을 수 있겠지요. 가장 인기 있는 작품도, 가장 유명한 작품도, 가장 높은 매출을 올리는 작품도 모두 이 판타지에 포진해 있어요. 「재벌집 막내아들」, 「전지적 독자 시점」 등이 판타지에 해당하는 작품들입니다.

톨킨의 『반지의 제왕』이 엘프, 오크, 호빗 등 여러 종족으로 대변되는 판타지의 세계관을 정립했지요. '미들어스'라고 불리는 고유의 세계가 있고, 인격을 가진 생물 중 '인간'이라는 한 가지 생물만 인정되는 우리의 지구와는 다른 세계로 정립되어 있지요.

아직도 '판타지'라고 하면 이런 식의 세계관 설정이 들어가야 한다고 보는 사람들이 많은데요. 하지만 이렇게 세계관을 본격적으로 정립하는 장르는 현재 웹소설의 트렌드에서 보면 그다지 주류를 차지하고 있지 않습니다.

보통 이렇게 완전히 다르게 창조된 세계를 배경으로 하는 것을 '하이 판타지'high fantasy라고 하는데, 최근 발표되는 웹소설에서 본격적으로 하이 판타지를 천착하고 있는 작품을 만나기란 쉽지 않습니다.

비슷한 것으로 '이세계물'이라는 장르 명칭이 있습니다. 말그대로 다른 세계로 가는 판타지를 의미하지요. 가령 『피터팬』의 경우가 이세계물의 가장 대표적인 작품이겠지요. 주인공들이 살고 있는 세계가 있고, 피터팬을 따라서 완전히 다른이세계인 '네버랜드'로 가니까요.

최근의 웹소설 경향을 보면, 이러한 전통적인 의미에서의 하이판타지, 이세계물의 비중은 좀 줄어드는 것 같아요. 오히려 최근 웹소설의 주류를 이루고 있는 작품들은 '로우 판타지'low fantasy인 것 같아요.

우리가 살고 있는 세계에 뭔가 초자연적인 일이 일어나거나, 아니면 주인공에게만 특수한 능력이 부여되는 식의 설정을 이루는 작품들이 주를 이루죠. 「재벌집 막내아들」은 주인공이 과거에 대한 기억과 정보를 갖고 있는 상태로 과거로 '회귀'하고, 「전지적 독자 시점」은 소설 속의 세계가 현실 세계에 덮어씌워져 버리죠. 그리고 소설 속 이야기의 결말을 알고있는 인물이 주인공이 되는 거고요.

두 작품에서 한 가지 중요한 특징을 알 수 있습니다. 바로 주인공들이 다른 인물들에 비해 훨씬 더 많은 정보력을 갖고 있다는 거지요. 단순히 공부를 많이 했기 때문이거나 똑똑해서가 아니라, '회귀'나 '미리보기' 등의 초현실적인 일을 통해서 그런 능력을 얻는 거예요.

여기에서 '웹소설의 하위 장르로서의 판타지'의 중요한 키워드가 대두되는데요. 그건 바로 '치터cheater로서의 주인공'이에요. 작품 속의 다른 인물들과는 차원이 다른 능력을 지닌 주인공이지요. '불패'의 주인공이고, '천하무적'의 주인공입니다. '먼치킨'munchkin이라고 표현하기도 하지요.

사실 이건 전통적인 서사의 주인공들과 비교해 보면 상당히 이질적입니다. 보통 주인공은 적대자, 적수, 라이벌에 비하면 불리하잖아요. 그런 불리한 상황을 극적으로 뒤집고 승리를 쟁취하는 것이 서사적 재미의 중요한 포인트였지요.

원래 대중문학은 비극보다는 희극이 많으니까, 즉 주인공의 패배보다는 승리로 끝나는 경우가 많으니까, 주인공이 특출한 사람인 경우는 많았지요.

하지만 웹소설 판타지의 주인공은 그것과 비교해도 상당히 특이해요. 한마디로 불패의 주인공이라고 해야겠지요. 게다가 한술 더 떠서, 위기에 빠지지 않는 주인공이지요. 적의 입장에서는 '아예 게임이 되지 않는 상대'라고 해야 할 겁니다.

체스에 비교해 봅시다. 체스 소설을 쓴다면 주인공은 체스를 잘 두는 사람이겠지요. 그런데 라이벌은 주인공보다 체스를 더 잘 두거나 호적수인 경우가 많습니다. 그러다 보니 주인공은 라이벌을 이기기 위해 뭔가 해야겠지요. 실력을 쌓는다든가, 아니면 라이벌을 단 한 번만이라도 이길 수 있도록 필살기를 연마한다든가. 거기에서 바로 '이야기'가 발생합니다. 앞의 상황과 뒤의 상황이 다르게 되고 그 연유를 설명하는 게 이야기라고 설명하는 서사학자도 많으니까요.

그런데 웹소설에서의 주인공이라면 체스를 얼마나 잘 두느냐가 중요한 게 아니라, 다른 상대들은 쓸 수 없는 수를 사용하는 사람인 게 중요합니다. 가령 '퀸'을 하나 더 갖고 시작한다든가, 아니면 상대방의 머릿속을 읽어서 다음 수를 예측한다든가, 또는 특정 조건에서 한 수 물릴 수 있다든가, 이런 말도 안 되는 능력을 갖고 있는 사람이지요.

'회귀'라든가, '전지'라든가 하는 웹소설 판타지의 키워드들이 바로 주인공의 그런 능력을 표시하는 중요한 표지입니다. 주인공의 능력이 '차원을 달리함'을 보여주는 것이지요. 저는 특강을 할 때 일본 만화 『원펀맨』의 주인공 사이타마를 자주 언급하는 편이에요. 아무리 강한 괴인이 나와도 주인공 사이타마는 항상 그것보다 몇 차원 이상 더 강하지요.

제가 연재하는 작품도 판타지의 범주에 들어가는데, "웹소설의 독자들은 주인공이 당하는 모습이나 수세에 몰리는 것을 좋아하지 않는다. 만약 주인공이 위기에 빠진다고 해도 그 한화 안에서 해결하거나, 혹은 상대방을 더욱 크게 골탕 먹이기 위한 작전이어야 한다"는 CP 담당자의 요구를 듣습니다. 불패의 주인공, '치터로서의 주인공'은 최소한 2010년대 후반 웹소설 판타지의 작법에서는 어떤 '철칙'처럼 유통되는 것 같습니다.

이는 앞 장에서도 언급한 바 있는, "웹소설의 독자들이 원하는 것은 결국 대리만족이다"라는 명제가 많은 사람들에게 받아들여지는 것하고도 관계가 깊습니다. 독자는 주인공에게 감정을 이입하여 주인공의 성공을 통해 대리만족하기 때문에 이런 특이한 성격의 주인공이 유행하고 정착된 것이라고 볼 수 있겠습니다.

사실 웹소설의 '판타지'는 이런 대리만족을 위해 존재한다고 해석해도 큰 무리가 없습니다. 최소한 현재는 말이지요. 따라서 '판타지', 혹은 '환상성'이 근본적으로 무엇인지를 따지거나, 판타지의 역사를 따지는 것은 물론 도움은 될 수 있겠지만, 웹소설을 당장 읽고 쓰는 데에는 그렇게 효율적인 준비

작업은 아닙니다.

"웹소설에서의 '환상적인 요소', '판타지 소설의 요소'는 주인공이 불패 신화를 쓰기 위한 설정일 뿐이다"라는 명제를 이해하고 그것을 어떻게 자신의 창작에 적용할 것인지를 고민하는 것이 웹소설 작가로서 할 일이라고 할 수 있네요.

웹소설에서 많이 쓰이는 판타지의 하위 장르는 '현판'(현대판타지), '게임판타지', '로판'(로맨스판타지)처럼 '판타지'라는 말이 붙어서 명칭이 된 것들과, '전문가물', '회귀물', '이세계물', '헌터물', '재벌물'처럼 '물'이라는 말이 붙어서 명칭이 된 것들로 나눌 수 있습니다.

앞 장에서 웹소설의 장르 개념은 '집합'이 아니라 '해시태그'에 가깝다고 했지요. 웹소설 판타지의 하위 장르도 똑같습니다. 여기에 있는 모든 장르 명칭을 다 동원하여 특징을 설명할 수 있는 작품들도 많습니다. 특히 '물'이라는 명칭은 그렇지요. 가령 「전지적 독자 시점」은 '현판'이면서, '회귀물'(주인공이 회귀자가 아니기 때문에 정통적인 회귀물이라고 하기는 어렵겠지만, 그래도 해시태그를 써서 '#회귀물'이라고 쓰는 것에는 큰 무리가 없다고 봅니다), 「재벌집 막내아들」은 '회귀물'이면서 '재벌물'이며 동시에 '현판'이지요.

최근 연재된 작품 중 가장 성공적인 작품 둘이 모두 '현판'이네요. 그리고 제가 설명한 주인공과 '판타지적 설정'에 다 들어맞는 작품들이기도 합니다. 웹소설에 접근할 때 가장 먼저 보아야 할 장르가 '판타지'이고, 또 그 중에서도 '현판'이라는 점을 저는 강연 중에 강조하는 편인데요, 왜 그런지는 독자 여러분도 공감하시리라 믿습니다.

Q. 웹소설에서 판타지란?

A. 가장 중요한 위치를 점하고 있는 장르이다!

A. 전통적인 판타지에서보다 '로우판타지'가 대세를 이룬다.

A. 웹소설 독자의 '대리만족'을 주된 키워드로 한다. '치터로서의 주인공', '먼치킨 주인공'.

A. 웹소설에서 판타지는 철저히 주인공 한 명을 중심으로 한 서사이다.

무협은 '개념적', 혹은 '학술적'으로 따지면 판타지의 하위 장르라고 할 수도 있습니다. 무협의 설정, 특히 '무공'은 서양 판타지의 '마법'에 비견될 수 있으니까요. 서양 판타지와 동양 판타지(혹은 한자문화권 판타지)라고 나눌 수도 있겠지요. 하지만 이런 접근이 과연 웹소설의 장르에 접근할 때 과연 얼마나 유용하고 효율적인 것일지에 대해서 저는 약간의 회의감을 갖고 있습니다.

사실 웹소설에서 판타지와 무협의 관계는 생각보다 멉니다. 일단 기반 독자층이 상당히 다르지요. 무협은 1960년대 이후부터 우리나라 장르문학 시장에서 상당히 오랫동안 주류의 위치를 점하고 있었습니다. 1970~1980년대 만화가게에서도 무협소설이 잔뜩 꽂혀 있는 책꽂이는 꽤 큰 비중을 차지하고 있었어요. 1990년대 활성화된 도서대여점에서도 무협은 항상 중요한 장르였지요.

그렇기 때문에 무협은 웹소설 장르들 중에서도 충성도가 높은 40대 이상의 남성 독자들을 많이 보유하고 있는 장르입니다. 최근 웹소설에 10대, 20대 독자가 폭발적으로 유입되면서

'젊은 사람들'을 위시한 남녀노소의 독자들에게 골고루 사랑 받고 있는 장르가 판타지라면, 무협 장르는 아직 연령대가 다 소 한정적인 편입니다.

그러나 독자의 머릿수는 적을지 몰라도, 웹소설 시장에서 절 대 무시할 수 없는 게 무협의 독자들입니다. 장르에 대한 충 성도가 높을 뿐 아니라, 웹소설 관계자들이 입을 모아 하는 말처럼 '40대 이상 남성 독자 한 사람'의 구매력이 20대 독자 여러 명의 위력을 갖고 있으니까요! 시장성을 강조하는 웹소 설 작가들이 이 점을 쉽게 무시할 수는 없겠지요.

무협의 작가나 독자들은 웹소설이라는 양식이 생기기 전부 터 해당 장르에 몸담았기 때문에, 이전 시대의 대중소설과 웹 소설의 친연성을 강조하는 양상을 보입니다. '무협소설'을 읽 을 수 있는 장이 만화가게와 대여점에서 웹으로 옮겨 왔을 뿐 이라는 인식이 강한 거지요.

웹소설에서, 앞에 이야기한 판타지는 기존의 판타지 문법이 강하게 작용하지 않는다는 인상을 받습니다. 하지만 무협에 서는 좀 달라요. "웹소설의 판타지가 기존 판타지와 같아야 할 필요가 있나"라는 생각이 많이 통용되는 것과는 달리 "웹 소설 이전에 무협이 있었기 때문에 무협의 문법은 웹소설 무 협에서도 지켜져야 한다"는 인식이 강합니다.

따라서 판타지에서 설명했던 웹소설의 왕도가 무협에서는 크게 중요하지 않은 경우도 많습니다. 예를 들어 '먼치킨' 주인공이 무협에서는 훨씬 덜 필수적인 요소입니다. 무협은 주인공의 '성장'을 상당히 중요한 서사적 요소로 놓거든요.

주인공의 성장 과정을 서사의 중심으로 놓는 것과 '이미 (캐릭터로서) 완성되어 있는 주인공'은 서로 부딪히는 경향이 강하죠. 그때 무협 웹소설을 창작하는 작가에게는 딜레마가 발생하겠네요. 웹소설의 트렌드를 따를 것인가, 정통 무협의 문법을 따를 것인가.

이 경우 저는, 판타지를 쓰는 사람에게라면 "웹소설의 트렌드를 따르라"라고, 무협을 쓰는 사람이라면 "본인만의 문법을 개발하더라도 기존 무협의 문법을 적극적으로 참고하고 무협 장르의 독자들이 원하는 것을 고려하라"라고 조언을 하겠어요.

무협은 '정통무협'과 '신무협' 장르로 나눌 수 있는데, 이 둘의 독자층이 상당히 달라요. 정통무협이 지금까지 이야기한, 오랫동안 특정 문법을 고수했던 장르인데, 무당파, 소림사, 개방, 내공/외공, 정파/사파 등 상당히 많은 무협 용어와 설정에 익숙해야만 쓸 수 있는 장르지요. 게다가 한자를 상당히 많이 사용하기 때문에 '한자어'에 대한 소양이 필요해요.

하지만 신무협은 좀 달라요. 신무협은 기존 무협의 문법을 탈피하려고 하는 작품들을 일컬으니까요. 그러다 보니 정통무협과 신무협은 독자층이 다를 뿐 아니라, 서로 사이도 별로 안 좋은 느낌이에요.

신무협은 배경 시대가 현대인 경우도 있고, 과거라 해도 무협소설의 문법 일부만 차용하지요. 한자어를 잘 쓰지 않고, 성적 묘사를 줄이고, 젊은(미성년) 독자를 타깃으로 하는 등 정통무협과는 상당히 다른 설정을 갖고 있어요.

이 '신무협'이라는 말도 웹소설보다는 훨씬 이전에 나왔어요. 하지만 정통무협이 웹소설의 장으로 옮겨온 이후에도 기존의 문법을 비교적 굳건히 고수하고 있다면, '신무협'은 웹소설로 들어오면서 판타지 웹소설의 문법에 상당히 녹아들었다고 할 수 있겠지요.

만약 무협을 창작하고 싶은데 웹소설의 판타지적 요소, 즉 '먼치킨 주인공'을 쓰고 싶다면 신무협이라는 장르를 추천하고 싶군요.

웹소설의 트렌드상, 무협은 두 장르 이상이 합쳐진 '퓨전' 장르의 단골 요소로도 쓰입니다. '판무'라고 해서, '판타지 무협'의 준말이 장르용어로 많이 쓰이고 있는 요즘입니다. 말

그대로 판타지와 무협의 합성어인데, 아주 쉽게 설명하면 무공을 익혀서 사람뿐 아니라 용이나 요괴, 혹은 신적인 존재와도 상대하는 것이지요. 또는 무공을 익힌 한국이나 중국의 무예가가 서양의 중세에 떨어진다는 설정도 여기에 해당할 거고요.

이 경우에는 아무래도 정통무협보다는 신무협에 가까울 것이고, 또 정통무협보다는 판타지에 가깝다고 해야겠지요.

「묵향」이나 「나노마신」 같은 작품들이 여기에 해당하는데, 이 작품들도 '먼치킨 주인공'의 설정을 갖고 있다는 점은, '판무'도 웹소설 판타지의 특성을 상당히 공유하고 있다는 사례로 이용할 수 있을 것 같습니다.

Q. 웹소설에서 무협이란?

**A. 웹소설에서는 무협과 판타지가
독자층, 규범 등에서 구별되는 편이다.**

**A. 웹소설에서 무협의 독자층은 연령이
높은 편이고, 기존 무협 장르의 규범도
강조되는 편이다.**

**A. 무협은 정통 무협과 신무협으로 나눌
수 있다. 웹소설 전체의 문법을 적용하는
데에는 신무협이 유리하다.**

3

로맨스

로맨스는 몇 번 언급한 것처럼, 웹소설에서 판타지와 함께 양대산맥을 이루고 있는 장르입니다. 아주 크게 보면 웹소설의 장르를 판타지와 로맨스, 두 개로 나눌 수도 있습니다. 이건 사실 웹소설에서의 새로운 현상이라고 할 수도 있습니다. 이전까지의 대중문학 시장에서도 이렇게까지 두 장르가 양대산맥의 역할을 분담하며 대립성을 보였다고 하기는 어렵거든요.

일단 남성/여성으로 독자가 나뉘는 것도 중요한 대립점이지요. 물론 판타지도 남녀노소에게, 그리고 로맨스도 남녀노소에게 사랑받는다는 것도 거짓말은 아니에요. 하지만 웹소설에는 '남성향', '여성향'이라는 말이 존재하고, 이 두 말이 각각 판타지와 로맨스에 붙어서 사용되지요. 주력 독자층에서 차이가 있다는 사실은 분명 부정할 수 없을 거예요.

그러다 보니 판타지의 작가는 남성 독자를, 로맨스의 작가는 여성 독자를 상정하고 작품을 쓰는 경우가 많습니다. 작가 입장에서 독자를 상정하는 것은 창작 과정에서 상당히 중요한 일이지요!

또 하나 구별되는 점은, 작품의 호흡입니다. 웹소설 판타지는 상당히 긴 연재 호흡을 가집니다. 8권, 10권, 13권, 혹은 그 이상. 한 화 5,000자 분량으로 25화가 한 권. 그러니까 열 권이면 250화가 되겠지요. 이렇게 길게 연재를 하기 때문에 작가는 장기연재에 대한 계획과 플롯을 세워 놓아야 하는 경우가 많습니다.

유료작품의 경우도 보통 25화 정도를 무료 분량으로 하는데, 대체로 총 연재량의 10퍼센트 정도를 무료로 하는 겁니다. 그러니까 250화, 즉 열 권 분량을 기준으로 하는 계산이 판타지 장르에서는 주로 이루어지지요.

하지만 로맨스는 다릅니다. 기본적으로 '장기연재'라는 것을 염두에 두지 않고, 3권이든 5권이든 자유로운 길이와 호흡을 가지고 작품을 연재하는 편이에요. 따라서 웹소설 로맨스를 쓰려는 작가라면 장기연재의 가능성보다는 얼마나 짜임새 있게 작품을 완결시킬 수 있는지를 고려하면서 접근하는 게 좋습니다.

보통 로맨스 웹소설의 유료연재에서 무료연재분 역시 10퍼센트 정도의 비율로 할당됩니다. 그러니까 무료연재가 10화까지 이루어졌다면, 그 작품은 총 100화 정도의 분량을 갖고 있는 거라고 계산하면 되겠지요. 판타지 계열 작품들의 무료연재분은 대체로 25화 전후에서 오차 없이 설정되어 있는 편인데, 로맨스 계열 작품들의 무료연재분은 5화부터 15화, 20화 등등 들쭉날쭉하게 되어 있어서 시각적으로도 꽤 차이가 나는 편이지요.

로맨스는 알다시피 '연애의 성공'이라는 아주 명료한 목적을 향해서 서사가 진행됩니다. 연애를 시작한 다음, 즉 연애 중의 일상 상황을 그리기도 하지만, 사실 그건 로맨스의 독자들이 기대하는 내용과는 거리가 먼 경우가 많습니다.

첫 만남이 시작되고, 소위 '아는 사이'에서부터 '연인 사이'로 발전하기까지의 시간이 바로 로맨스의 서사가 진행되는 시간인 셈이지요. 이게 너무 오래 걸리면 웹소설에서 가장 무서운 '고구마'('고구마'는 웹소설에서 '사이다'의 반대말입니다. 내용 전개가 통쾌하고 시원시원할 때 사이다, 답답하고 늘어질 때 고구마라고 합니다. 주인공의 성격이 우유부단하고 수동적일 때도 '고구마'라고 합니다)가 되기 쉬우니까, 다른 웹소설 장르처럼 길어지기 힘들다고 볼 수도 있어요.

'알파남'과 '알파녀'는 웹소설 로맨스에서도 여전히 중요한 키워드입니다. 한마디로 '완벽한 남자'와 '완벽한 여자'인데요. 여성 독자를 타깃으로 하는 작품들은 "알파남이 상대적으로 평범한 (그러나 독특한 매력의 소유자인) 여성을 무조건 사랑한다"는 플롯을 갖고 있는 경우가 아직도 다수라고 할 수 있어요.

무협이 우리나라 대중문학에서 오랜 역사를 가지고 있는 것처럼, 로맨스도 그러합니다. 소위 '할리퀸문고'라는 시리즈가 1970년대부터 90년대까지 꾸준하게 국내 시장에 수입되고 상당한 인기를 끌었어요. 웹소설 로맨스에도, '할리퀸' 때부터 '열혈 독자'였던 40대 이상의 여성 독자들이 중요한 위치를 점하고 있지요. 이들은 앞에서 이야기한 연애 서사의 문법을 상당히 충실하고 엄격하게 공유하고 있는 경우가 많습니다. 이것은 로맨스가 기존의 문법을 고수하게 만드는 한 가지 중요한 요인이고요. 하지만 이것이 다는 아닙니다.

최근에는 PC(정치적 올바름), 페미니즘 담론과 관련된 여성의 대상화와 '여성 혐오'의 지양 등이 로맨스 소설에도 도입되고 있는 추세이므로, 앞으로 상황이 어떻게 변할지는 쉽게 예상할 수 없어요. "무조건적으로 알파남에게 사랑받는다"는 설정은 여성의 대상화로 해석될 수 있는 여지도 상당하기 때문에 이에 대한 여러 가지 고민과 논의들이 진행되고 있어요.

사실 웹소설이 대중장르이기 때문에 손쉽게 '성적 선정성'이나 '여성에 대한 대상화' 등이 이루어질 것이라고 보는 시각들이 많지요. 하지만 그건 웹소설의 특성을 추측하는 데 있어서 흔히 범하는 치명적인 오류 중 하나라고 볼 수 있어요.

웹소설의 독자들이 아주 손쉽게, 그리고 유효하게 댓글을 통해서 작품에 대한 피드백을 할 수 있다고 했지요? 작품의 전개에 대한 예측이나 참견은 물론, 댓글을 통한 '집단행동'도 자유롭게 이루어질 수 있는 것이 웹소설의 특성입니다. 작품이 마음에 들지 않은 점, 특히 정치적으로 올바르지 못한, 소위 '빻은' 지점에 대해서는 여러 명의 독자들이 댓글을 통해서 보이콧을 할 수 있고, 그것은 작품의 조회/매출에 아주 직접적인 영향을 미칠 수 있습니다.

'댓글러'(댓글 다는 사람)로서의 독자들이 작품을 매장시키는 것이 어렵지 않다는 이야기지요. 따라서 CP업체는 작품에 여성에 대한 '혐오'나 '대상화'가 들어가는 것을 상당히 강하게 말리는 편이에요.

이것은 주로 남성 독자를 대상으로 한 판타지 장르에서도 나타나는 현상입니다. 전통적으로 '성공한 남성'에게 주어지는 보상 중 하나는 '아름다운 여성'이었어요. 그렇기 때문에 대중서사에서는 '상품으로서의 여성', 즉 철저하게 대상화된 여성이 자주 등장했지요. 하지만 웹소설 판타지의 서사에는 아예 이런 여성이 등장하지 않거나, 아니면 무조건적으로 대상화되지 않는 조건에서 등장하지요.

사실 이런 식의 '대상화된 여성', 즉 남성에게 사랑받는 대상으로서만 존재하는 여성은 대중문학이나 순수문학을 가리지 않고 등장해 왔지요. 본격문학에서도 미처 이루어지지 못했던, 독자들에 의한 '정화'가 웹소설에서 댓글을 통해 이루어지고 있다는 것은 상당히 중요한 일이라고 생각합니다.

불과 2010년대 중반까지만 해도 '일그러진 남성성'을 과시하는 남성 작가나 그 작품들이 대중에 의해 철퇴를 맞지는 않거든요. 문단의 방패와 작가로서의 아우라에 가려서 말이죠. 작가가 'PC'하지 못한 태도를 보여도 "작가는 예외적인 존재이기 때문에 기행을 이해해주어야 한다"는 명제로 보호받곤 했지요. 하지만 웹소설은 그런 보호막을 갖고 있지 않기 때문에 오히려 대중들의 '불편함'을 금방 반영합니다.

이 지점은 웹소설이 중시하는 대중성이 과연 열등한 것인가, '대중문학'은 그래서 순수문학이나 본격문학보다 못한 것인가 하는 물음을 다시 한번 던집니다. '대중의 취향'을 따르는 것을 '통속적'이라 부르며 멸시하던 시절이 있었습니다만, 21세기 웹을 통한 정보 공유가 기본 조건이 된 '집단지성의 시대'에 "엘리트가 대중을 헐레벌떡 따라가는 모습만 보여도 대단한 것이다"라는 반성이 나오는 것은 당연한 일입니다.

이 과정에서 웹소설이 보여주는 웹을 통한 대중성은 무시하지 못할 미덕으로 여겨지기도 합니다. 20세기에 반지성적 존재로 여겨지던 대중에 대한 인식 변화도 이끌었고요. 웹소설 작가라면 항상 이 대중성의 문제를 고민해야 합니다. 어떤 때에는 대중과 함께 호흡하기도 하면서, 또 어떤 때에는 대중에게 충격을 줄 수도 있어야 하니까요.

로맨스 이야기로 돌아와 보면, 남성 판타지에 있었던 '여성의 대상화'는 로맨스의 서사에서도 주된 요소였어요. 남성, 그중에서도 알파남에게 '사랑을 받는' 대상이 되는 게 서사의 줄기이니까요. '사랑을 하는' 주체적인 행위가 아니라, '사랑을 받는' 대상화된 결과가 서사의 목표로 설정되어 있으니 이 문제를 쉽게 해결하기는 어렵죠.

로맨스에서 상당히 오래 인기를 끈 것이 '#피폐물'이라는 것이지요. 이 장르의 작품들은 어떤 사람을 사랑하는 일이, 혹은 그 사람의 사랑을 잃는 일이 얼마나 주인공을 망가뜨리고 피폐하게 만들 수 있는지를 보여줍니다. 사랑 외의 현실은 아무런 상관없다는 낭만주의적 장르라고 할 수 있지요. 여전히 로맨스에서는 이런 낭만적 사랑에 대한 지향을 강하게 보여주고 있습니다.

하지만 로맨스의 장르에서도 이런 서사의 철칙을 벗어나거나 바꿔 보려는 움직임이 활발하게 이루어지고 있어요. 최근 대중서사 관련 학술대회의 제목이 '낭만적 사랑의 몰락과 로맨스의 탈주'였는데, 이 제목은 참 시사하는 바가 큽니다.

'낭만'이라는 말과 '로맨스'라는 말은 잘 알다시피 'roman'이라는, 같은 어원을 갖고 있지요. 로맨스 장르에서 '낭만적 사랑'은 그만큼 필수 요소였습니다. 하지만 로맨스는 살아남고 낭만적 사랑은 몰락하는 상황에서, 그 빈자리를 무엇으로 채워야 하는지를 고민하는 것이 현재의 로맨스 작가들이고, 또 연구자들이랍니다.

로맨스 서사에서 '낭만적 사랑'이 빠진 빈자리를 '주체성 획득'이나 '퀴어', 페미니즘 등이 채워 나갈 가능성이 얼마든지 있는 것이지요. 그리고 실제로 여러 가지 경로로 이런 실험들이 이루어지고 있는 것이 요즘 대중 로맨스의 지평입니다. 따라서 웹소설 작가라면, 그리고 웹소설의 자장 아래에서 로맨스에 접근하려는 작가라면, 이런 흐름들에 대해 공부하는 것이 그의 '일'이기도 합니다.

Q. 웹소설에서 로맨스란?

A. 웹소설에서 판타지와 양대 산맥을 이룬다.

A. '연애의 장애와 극복'을 서사의 주된 골자로 한다.

A. 로맨스는 여성 독자를 중심으로 한다. 250화 이상의 긴 호흡을 갖는 다른 웹소설 장르와는 달리 100화 이하의 짧은 호흡이 대세를 이룬다.

A. 전통 로맨스에서 강조되던 낭만적 사랑과 여성의 대상화가 웹소설에서는 도전받는 추세이다.

'BL'은 boy's love의 약자이고, 'GL'은 girl's love의 약자이죠. 즉 남성동성애물, 여성동성애물을 지칭합니다. 'GL'은 '백합'이라고 표현하기도 합니다(백합은 우정과 사랑을 모두 지칭하고, GL은 사랑만 지칭한다고 구별하기도 했으나, 요즘에는 거의 같은 뜻으로 쓰는 것으로 보입니다). 'BL물'/'GL물'이라는 말을 쓰기도 하는데, 워낙 'BL'/'GL'이란 말을 많이 써와서인지 '물'이라는 말을 뗀 명칭이 더 일반적으로 사용되는 것 같아요.

BL과 GL은 사실 동성애의 역사만큼 오래된 것이겠지요. 하지만 이 장르 명칭이 우리나라에서 받아들여진 것은 2000년 이후라고 해야 할 것 같습니다.

이 장에서 이야기하는 것은 '동성애를 다루고 있는 모든 서사'가 아니라 '웹소설과 관련된 장르로서의 BL/GL'이라는 점을 명심해주세요. 우리나라의 경우 GL보다는 BL 쪽이 장르로서는 훨씬 먼저 정착되었다고 할 수 있습니다.

이 장르는 관점에 따라 로맨스의 하위 장르로 놓을 수 있습니다. 우선 독자층이 겹친다는 것을 그 이유로 들 수 있는데요. BL은 여성향, GL은 남성향이 아닌가 하는 추측들이 있었지만, 실제로 작가들의 경험이나 독자들의 반응을 분석해 보면 둘 다 여성 독자들이 훨씬 많다고 합니다.

또, 결국 '사랑의 이루어짐'을 주된 서사의 목적으로 놓는다는 점도 같지요.

이성애는 로맨스이고, 동성애는 그와 별도 장르로 놓는 것은, 이성애/동성애에 동일하게 접근하려고 노력하는 요즘 시각과 배치되는 점이 있지요! 문화적 맥락에서나, 그리고 서사적 맥락에서나 로맨스와 BL/GL을 별도의 장르로 접근하는데에는 위험성이 내포되어 있습니다.

서사적 공통점 때문에, 앞에서 말했던 분량과 호흡도 로맨스와 상당히 비슷한 편이에요. 즉, 100화 이내의 로맨스의 호흡에 가깝지, 200화가 넘어가는 판타지의 호흡과는 거리가 먼편이라는 것이지요.

이런 점에서 로맨스와 BL/GL은 상위 장르와 하위 장르로 접근할 수 있어요. 하지만 또 그렇지 않은 점도 있지요. 가령 우리나라에 정착해서 발전하는 과정을 보면 꽤 다르지요.

로맨스는 앞에서 이야기한 것처럼 서양에서 온(일본어판 중역의 과정을 거친 종류도 많이 있지만) '할리퀸'의 전통을 상당히 계승하고 있지요. 하지만 BL은 90년대 후반 이후 유행한 '팬픽'fan fiction(우리나라 팬픽은 아이돌 멤버들끼리의 사랑을 주된 내용으로 하는 것이 주류를 이루었지요)으로 우리나라에서 독자들을 주로 확보하지요. 그리고 국내에서 GL이 장르로서 정착하는 데에는 일본의 라이트노벨이나 애니메이션, 만화 작품들이 큰 영향을 끼쳤고요.

그렇기 때문에 세 장르에 담겨 있는 문화적 코드, 독자들의 성향은 조금씩 다른 편이에요. 따라서 각 장르에 접근하는 사람은, 세부적인 양상에 좀 더 섬세하게 접근할 필요가 있습니다. 가령 '주인공이 사랑하는 사람으로 인해 피폐해지는 서사'를 그리려고 한다면 그것이 로맨스, BL, GL 중 어떤 장르에서 더 인기가 있을지 등을 생각해 보는 것이지요.

결론적으로 말하면, 세 장르가 근본적으로 다르다, 어떤 장르에서 인기 있는 모티브가 나머지 두 장르에서는 전혀 인기가 없다, 라는 예를 찾기는 쉽지 않아요.

다만 통계적인 차이는 있지요. 가령 BL과 GL 모두 여성향이지만 그래도 남성 독자의 비율은 전자보다 후자가 높다는 것. 그러면 그 남성 독자들을 무시할지, 아니면 그 사람들도 기대 독자로 상정할지를 작가는 고려해야 한다는 것 같은 예를 들수 있지요.

조아라나 문피아는 로맨스와 BL/GL을 분리해 놓았어요(문피아 메뉴에는 BL만 있고 GL은 없는 게 좀 흥미롭지요). 네이버와 카카오페이지는 BL/GL의 카테고리가 따로 있지는 않고, '로맨스'라는 항목에 들어가서 작품별로 찾아야 해요. 이렇게 로맨스와 BL/GL이 가지는 관계는 플랫폼들도 각각 다르게 파악하고 있으니, 작가로서도 향후 이 관계와 각 장르의 트렌드가 어떻게 변화해 나가는지 계속 살필 필요가 있습니다.

로맨스와 BL/GL은 웹소설에서 '19금'이 권장되거나 허용되는 몇 안 되는 장르예요. 해당 장르를 향유하는 독자들이 해당 장르의 중요한 요소로 성애적 욕망을 받아들이고 기대하기 때문입니다.

한편 성적인 묘사는 다른 장르에서는 대부분 CP업체들이 권장하지 않는답니다. 이것이 "웹소설은 모두 야하지 않을까?"라고 어렴풋이 생각하는 신규 독자들을 놀라게 할 수 있는 지점일 거예요.

욕망을 주제로 다루다 보면 성적인 묘사나 '낭만적 사랑'에서 흔히 나올 수 있는 '대상화'의 문제가 대두되는 게 사실이에요. 로맨스에서나 BL/GL에서나 이런 낭만적 사랑과 성적 대상화는 어쩔 수 없는 본질적인 것으로 여겨지고 있지만, 이 추세가 언제 극적으로 바뀔지는 몰라요.

이성애를 다루고 있는 로맨스에서 그런 일이 벌어질지, 아니면 BL/GL 장르에서 그런 일이 벌어질지를 예측하는 것은 어렵기 때문에, 이런 추세의 흐름에 대해 촉각을 세우고 있는 게 좋다는 조언을 로맨스나 BL/GL 작가 지망생들에게 항상 해주는 편이에요.

Q. 웹소설에서 BL/GL이란?

**A. BL/GL은 독자층을 중심으로
볼 때 로맨스의 하위 장르로
받아들여지는 추세이다.**

**A. 로맨스, BL, GL의 웹소설 정착
과정은 저마다 다르기 때문에
동일시는 위험하다.**

스포츠

스포츠는 웹소설에서 '마이너'한 장르라고 취급받기도 하고, '현대판타지'의 하위 장르로 일컬어지기도 합니다. 왜냐 하면 주인공들의 재능에 비현실적 요소가 개입하거든요. 축구 선수가 주인공인데 그를 막는 수비수의 스탯창이 떠오른다든가, 아니면 야구 선수가 주인공인데 상대 투수가 다음에 무슨 공을 던질지가 보인다든가, 하는 식이지요. 그렇기 때문에 넓은 의미에서는 판타지의 일종이라고 할 수 있습니다.

하지만 웹소설의 작가로서 스포츠물에 접근할 때는 판타지하고는 좀 다른 경로를 택하는 게 좋습니다. 아무래도 독자들의 성향은 일반 현대판타지하고는 좀 다르거든요.

스포츠물의 독자들은 해당 스포츠의 팬인 경우가 많습니다. 그렇기 때문에 해당 스포츠에 대한 지식은 작가에게 거의 필수라고 할 수 있지요. 축구에 대한 웹소설을 그리면서 축구에 대한 지식이 일천하다는 사실이 드러나면 꽤 거센 독자 반응에 부딪힐 수밖에 없습니다. 전문가물을 제외한 판타지물에서 그런 부담이 상대적으로 덜하다는 것을 감안하면, 작가 입장에서는 큰 차이입니다(사실 스포츠물은 넓은 의미의 전문

가뭄이라고 할 수도 있겠네요).

스포츠물은 아무래도 독자의 수가 많은 장르는 아니고, 종목도 거의 '축구'와 '야구'로 좁혀져 있는 형편이에요. 하지만 해당 장르에 대한 독자들의 충성도는 '무협'에 뒤지지 않는 수준입니다. 고연령대 독자들이 많아서 구매력이 상당하다는 것 또한 무시할 수 없는 요소이지요.

그런데 종목이 좁혀져 있다는 것은 이 장르의 진입 장벽을 높게 만드는 요소이기도 합니다. 저는 CP업체 담당자와 스포츠물 연재 가능성을 타진해 본 적이 있었는데, 그때 농구, 복싱, 이종격투기, 미식축구 등의 종목은 독자를 많이 모을 가능성이 거의 없다는 의견을 들었어요.

"스포츠는 거의 축구예요."
"야구는요?"
"야구도 굳이 말리지는 않는다는 거지……. 작가에게 쓰라고 권한다면 축구밖에 없다고 봐요."

이게 제가 나눈 대화의 한 대목입니다. 물론 모든 관계자가 이런 생각에 동의하지는 않겠지만, 충분히 나름의 설득력을 가진 의견이라고 봅니다. 그만큼 스포츠물이 다룰 수 있는 종목은 독자 확보의 관점에서 보았을 때 한정적입니다.

스포츠물도 앞에서 이야기했던 판타지의 서사를 공유하고 있습니다. "주인공이 초현실적인 능력(해당 종목의 재능으로 활용될 수 있는)을 갖게 된다. 이 능력을 바탕으로 최고의 선수가 되어 목표를 이룬다." 그렇기 때문에 철저하게 주인공 중심의 서사라는 점, 그리고 주인공이 위기에 빠질 필요 없이 이미 그 능력을 가지는 순간, 목표를 이룰 운명으로 정해져 있다는 공통점을 가지고 있지요.

또한 주인공이 국내 무대에서 성공하여 세계 무대로 옮겨가면서 점점 그 성공의 스케일을 키워 나가는 것이, 판타지 소설에서 요구하는 250화 이상의 분량을 채워 나갈 수 있는 가장 중요한 동력이 됩니다.

Q. 웹소설에서 스포츠물이란?

A. 현대판타지의 하위 장르라고 할 수 있다. 하지만 해당 스포츠 종목 팬인 독자들이 많기 때문에, 구별점이 생긴다.

A. 스포츠물의 작가에게는 해당 종목에 대한 상당한 지식 수준이 요구된다.

A. '먼치킨 주인공'이 가장 구현되기 쉬운 장르이기도 하다.

대체역사는 상당히 역사가 오랜 장르입니다. "만약 이순신 장군이 노량해전에서 전사하지 않았다면?", 혹은 "유비가 형주를 잃지 않았다면?"이라는 상상처럼, 실제 역사적으로 일어나고 흘러간 사실들에 대해 '만약'이라는 단서를 달아서 새로운 역사를 써내는 일이지요.

서양에서는 대체역사 장르의 기원을 리비우스의 『로마사』(기원전 27~25)에서 찾기도 하니, 그야말로 엄청나게 오래된 장르라고 할 수 있습니다. 20세기 대중문학에서도 찾을 수 있고요. 『퇴마록』의 작가 이우혁의 또 다른 작품 『왜란종결자』도 넓은 의미의 대체역사물이라고 할 수 있으니, PC통신 때부터 이어져 온 장르소설의 역사에서도 중요한 위치를 점하고 있다고 할 수 있습니다.

하지만 웹소설의 장으로 들어온 이상, 대체역사물도 웹소설 판타지의 일반법칙을 공유합니다. 가령 『로마사』나 『왜란종결자』 같은 작품은 상당히 여러 명의 인물들이 얽혀서 대체역사의 요인을 만들고, 그렇기 때문에 몇몇 인물이 아니라 아예 한 국가가 주인공으로 보이기도 합니다. 『로마사』가 좋은 예이지요. 그에 비해 웹소설의 대체역사물은 매우 철저하게 한 명의 인물, 즉 주인공에게 초점이 맞추어져 있습니다.

즉, 주인공만이 역사가 대체되는 것을 가능하게 하는, 거의 유일한 요인이 되는 것이지요. 그리고 그것이 진행되는 과정에서도, 주인공이 회귀했다거나, 아니면 판타지적 능력을 얻었다거나 해서 '먼치킨 주인공'으로 강조되는 것이 흔한 설정입니다.

그러니까 이순신을 예로 들면, '노량해전에서 화살을 피한' 이순신이 아니라, '노량해전에서 화살에 맞아 죽었는데 모든 기억을 지닌 채로 10세 시절로 회귀한 이순신'이 웹소설 대체역사물에 더 적합한 주인공이 되는 것입니다.

대체역사물의 가장 인기 있는 대상은 바로 다름 아닌 『삼국지』입니다. 잘 알려져 있다시피, 『삼국지』는 『정사』와 『삼국연의』라는 두 개의 텍스트를 갖고 있지요. 둘의 내용이 상당히 다릅니다. 하나는 정식으로 쓰여진 역사서이고, 하나는 흥미를 위해 많이 각색한 소설이니까요.

웹소설에서 대체역사물로 『삼국지』에 접근하는 작가들은 이 두 개의 원전에서 적절한 균형을 찾으려고 노력합니다. 가령 캐릭터는 『삼국연의』에서 갖고 오지만 실제 세력의 형세는

『정사』에서 갖고 오는 식으로 말이지요.

대체역사물도 스포츠물과 비슷한 점이 있는데, 그것은 바로 역사에 대한 상당한 지식을 요구하는 점입니다. 따라서 진입 장벽이 비교적 높은 편입니다. 하지만 역시 그만큼 독자들의 충성도가 높기 때문에, 자신이 흥미 있게 보았던 역사적 사실이나 텍스트가 있다면 대체역사로서 접근해 보는 시도도 좋습니다.

스포츠물이 축구에 집중되어 있다고 말씀드렸는데요. 대체역사물은 『삼국지』에 집중되어 있기는 합니다만, 민족주의 감성을 자극하는 국내 역사를 이용한 작품도 많습니다. 소재로 할 수 있는 영역이 좀 더 다양하다고 할 수 있지요.

최근에는 『삼국지』 대체역사물의 독자들도 예전만큼은 아니기 때문에, CP 담당자들이 그렇게 적극적으로 권하는 장르는 아닙니다만, 긴 호흡을 갖고 이어 나가는 데에는 매우 유리한 장르이기도 합니다. 작품의 원전을 알아야 한다는 장벽이 있지만, 역으로 원전을 알고 있는 작가에게는 작품을 전개시킬 때 원전에 기댈 수 있으므로 한결 쉬워진다는 이점도 갖고 있습니다.

Q. 웹소설에서 대체역사물란?

A. 웹소설에서도 대체역사물은
작가에게 역사적 사실에 대한 높은
수준의 지식을 요구한다.

A. 최근 대체역사물에서도 '먼치킨
주인공'은 예외 없이 대세를 점한다.

7

SF / 추리

SF와 추리. 이 두 장르는 대중소설에서 상당한 위치를 점하고 있습니다. 하지만 현재 이 두 장르가 '웹소설의 장르'로서 안착했다고 할 수 있는가, 하는 질문을 받으면 대답을 머뭇거리게 됩니다. 문피아나 조아라에서도 이 장르들에 대한 카테고리를 만들어 놓기는 했습니다만, 작품 수도 현저히 적고, 독자도 마찬가지입니다.

웹소설로서 정통 SF나 추리 장르라고 할 수 있는 작품 중에 성공한 것이 있는가, 하는 질문에 대한 답도 마찬가지입니다. 두 장르가 상당히 이질적인 장르임에도 이 책에서 하나의 장에 함께 묶어서 이야기하는 중요한 이유이기도 합니다.

일단, 이런 현상이 일어나는 데에는 '먼치킨 주인공' 중심의 '웹소설 판타지'가 지배하고 있는 웹소설 시장의 트렌드가 큰 영향을 미쳤다고 봅니다. 주인공이 이미 완성되어 있고, 그 주인공이 예정되어 있는 목표를 향해 한 걸음씩 밟아 나가는 플롯은 사실 SF/추리와는 좀 크게 부딪히는 면이 있습니다.

SF는 과학적 설정이, 추리는 논리적 추리가 중요한 요소를 차지합니다. 주인공의 영웅성이 강조된다고 해도, 그 인물들의 위대함은 각 장르에서의 본질적인 요소보다 앞설 수 없습니다. 탐정이 아무리 똑똑한 인물이라고 해도, 범인과의 두뇌 싸움에 개입되는 '룰'을 깰 수는 없거든요. 만약 탐정에게 인간 이상의 감각이 부여되거나, 누군가의 마음을 읽을 수 있는 능력이 부여된다면, 그 작품은 이미 '추리물'이 아닌 것입니다. 범죄의 트릭은 인간의 감각의 한계를 전제로 해서 이루어지니까요. 그런 작품은 추리물을 가장한 판타지가 되지요.

SF도 마찬가지입니다. 별이 나오고 우주선이 나온다고 SF가 되는 것은 아닙니다. 시간여행이 나온다고 해도, 그것과 관련한 과학적 지식을 기반으로 한 서술이나 설정이 나오지 않으면 그것은 SF가 아니라 판타지입니다.

따라서 SF/추리는 이런 식으로 웹소설의 판타지와 대치되는 경향이 있기 때문에, 웹소설의 장에서 이 장르들을 시도해 보려는 작가들은 현재의 이 서사적 트렌드를 염두에 두고 고민해 볼 필요가 있습니다.

물론 이것은 SF/추리를 '웹소설 판타지'에 맞게 변형시킬 수 없으면 시도하지 말라는 이야기는 아닙니다. '웹소설 판타지'

의 '먼치킨 주인공'은 현재로서는 마치 웹소설의 절대적인 문법인 것처럼 통용되지만, 이런 트렌드는 얼마든지 바뀔 수 있습니다.

그리고 웹소설의 장 자체가 엄청나게 크기 때문에, 웹소설의 주류에 기대지 않은 SF/추리 작품의 판로를 개척할 수 있고, 웹소설 판타지 트렌드와는 상관없는 작품들이 등장할 가능성도 있습니다. 또 이 장르에 속하는 작품들이 웹소설 독자들을 사로잡을 수 있는 새로운 방식을 만들어 나갈 수도 있고, 아예 기존의 독자들이 계속 성장하고 있는 웹소설의 장으로 들어와 새로운 독자군을 형성할 수도 있습니다.

아직은 개척할 영역이 많은 분야라고 할 수 있지만, SF/추리 장르에 애정을 갖고 있는 작가들이 좌절할 필요는 없는 것이 웹소설의 장이고, 또 웹이라는 환경이라고 말하고 싶네요!

Q. 웹소설에서 SF/추리는?

A. SF/추리는 아직 웹소설에서
장르로서 충분히 안착되지 않은
단계이다.

A. '먼치킨 주인공'이라는 웹소설의
문법과 부딪히는 경향이 있다.

A. 미개척 분야로 각광받을 가능성이
있다. 이에 대한 공모전이나 이벤트 등
여러 가지 시도가 이어지고 있다!

8

정리 ─ 웹소설의 서사와 플롯

자, 지금까지 웹소설을 구성하고 있는 하위 장르들에 대해 살펴보았습니다. 몇 번 말했다시피, 웹소설은 양대 장르로 구성되어 있다고 해도 과언이 아닙니다. 바로 판타지와 로맨스죠.

정리하는 차원에서 '웹소설 판타지'의 서사 구조를 간단하게 도식화해 보도록 합시다.

웹소설 이전의 판타지를 포함한 원래의 모든 서사는,

```
┌─────────────────────────────────┐
│   주인공이 목표를 이룰 수 없는 상태    │
│                ↓                 │
│         성장, 묘안, 조력 등          │
│                ↓                 │
│            목표를 이룸             │
└─────────────────────────────────┘
```

의 플롯을 갖고 있는 게 일반적이었습니다.

하지만 웹소설 판타지의 서사는,

주인공이 목표를 이룰 수 있는 상태
(회귀, 전지, 초현실적 능력 등)

↓

사실상 라이벌이 아니지만 라이벌이라고
착각하는 이들의 무용한 도전

↓

목표를 이룸

의 플롯을 갖고 있습니다.

사실 서사적 관점에서는, 이 플롯은 '반서사적'이라고 할 만큼 서사적이지가 않습니다. 원래 앞의 상황과 뒤의 상황 사이의 격차(목표를 못 이루는 상태와 목표를 이룬 상태)를 설명해 나가는 것이 '서사'이거든요.

그런데 웹소설에서는 주인공이 이미 능력을 갖추고 있기 때문에, 그 격차라는 게 존재하지 않는 겁니다. "도대체 웹소설에서 무슨 재미를 느끼는가"라고 묻는 사람들이 있는데, 그들은 의식적이든 무의식적이든 이 지점에서 불편을 느끼는 경우가 많습니다(저는 이런 불평을 하는 사람들에게는, hack을 사용해 불공평한 게임, 이미 자기가 이기게 되어 있는 게임을 즐기는 게이머들이 느끼는 재미를 생각해 보라고 합니다. 사실 웹소설 독자들이 느끼는 재미와 쾌감은 이것과 꽤 닮아 있지요).

현재 웹소설 서사의 트렌드는 이쪽으로 초점이 맞추어져 있습니다. 그리고 CP업체들, 플랫폼, 선배 작가, 독자들까지 웹소설의 서사를 이렇게 규정하고 있기 때문에, 이러한 서사들이 계속 생산되는 것이고, 그러다 보니 '웹소설의 장르 문법'으로까지 자리잡은 상황입니다.

이 트렌드를 지키려는 작가이든, 아니면 이 트렌드에 도전하려는 작가이든, 이를 무시할 수는 없는 상황이 전개되어 있는 것입니다.

로맨스의 플롯도 볼까요?

전통적인 로맨스의 플롯은

> **서로 사랑하지 않거나, 사랑해도 이루어질 수 없는 상태**
> ↓

이 문제를 해결할 수 있는 대책, 상황, 변화, 결심 등

↓

사랑이 이루어짐

이었습니다. 그리고 이 플롯은 아직 상당수의 웹소설 로맨스에서 지켜지는 것이기도 합니다. '사랑'을 '목표'로 치환하면 이 플롯은 전통적인 서사의 플롯과도 일치하지요.

이런 이유 때문에 웹소설의 판타지와 로맨스는 서로 이질적이고 대립적인 면이 있다고 하는 건데요.

다음과 같은 플롯도 있습니다.

이미 사랑을 획득할 수밖에 없는 주인공

(사실상 주인공의 사랑을 방해할 수 없는)
연애의 장애물들의 (부질없는) 방해

사랑을 획득한 주인공

자, 이렇게 되면 어떤가요? 웹소설 판타지의 서사와도 흡사해지지요?

웹소설 로맨스에서도 이런 식으로 플롯을 분석할 수 있는 작품들이 점점 늘어나고 있습니다.

전통적인 플롯과 웹소설 판타지의 플롯 중에서, 현재 주된 위치를 점하고 있는 것은 후자 쪽인 게 분명해 보입니다. 로맨스도 점차 뒤에 예를 든 플롯이 늘어나니까요. 하지만 이런 트렌드는 또 어떻게 변할지 모릅니다. 독자들은 저런 식의 플롯을 계속 즐길 수도 있지만, 또 식상함을 느낄 수도 있습니다. 제3의 플롯이 개발될 수도 있겠지요.

웹소설 작가라면 현재의 웹소설 하위 장르가 어떤 지형도와 질서를 갖고 있는지도 알아야 하지만, 이 지형이 어떻게 변할지를 감지하는 것도 중요합니다. 웹이라는 유동적인 환경에서 트렌드가 시시각각 변하는 것을 성실하게 감지하는 일, 이것이 웹소설 작가의 중요한 일입니다.

V		
제작, 유통,		
		OSMU

이 장에서는 지금까지 했던 이야기들에 비해서 좀 더 실용적인 이야기가 들어 있습니다.

작품에 대한 판촉, 작품과 관련된 여러 가지 계약에 대한 이야기를 하기 때문이지요. 플랫폼, CP업체와 어떻게 계약을 맺고, 공동작업의 범위를 서로 어떻게 조절할지를 결정하기 위해서는 몇 가지 정보들을 갖고 있는 게 중요합니다. 그리고 이 장은 이에 대해서 공유하는 부분이지요.

플랫폼과의 계약은 거의 필수적이고, CP업체와의 계약은 그에 비해서는 덜 필수적이라서, 작가 개개인의 계약 상황에 따라 유통이나 제작의 양상은 달라집니다. 이게 웹소설의 제작, 유통 과정이 갖고 있는 중요한 특징이자 변수라고 할 수 있겠지요.

그리고 OSMU는 작품의 제작과 유통 과정에 개입할 수 있는 변수를 기하급수적으로 늘릴 수 있는 또 다른 조건이기도 합니다. 이에 대해서, 이 장에서는 좀 찬찬히 이야기를 나눠 보지요.

1
웹소설 제작 과정의
특징

자, 일단 웹소설 제작 과정의 특징에 대해 알아봅시다. 우선, 웹소설이 갖고 있는 특성상, 트렌드를 무시할 수가 없습니다. 웹소설의 작가나 독자들이 두루 공유하고 있는 장르상의 여러 관습과 제약들이 있는데요. 자기 작품의 독자를 많이 확보하려는 작가에게 이것은 상당히 중요한 요소들이지요.

그런데, 앞 장에서 이야기했다시피 장르와 관련된 트렌드는 시시각각 바뀝니다. 얼마 전만 해도 특정 장르에서 금기였던 것이, 시간이 지나서는 해당 장르의 중요한 요소가 되는 경우도 많으니까요.

게다가, 시간적인 변화만 고려해야 하는 게 아니라, 이제는 공간적인 차이도 고려해야 하는 시기입니다. 가령, 국내 웹소설이 외국 판로도 모색 중이라는 사실을 상기해 볼 필요가 있습니다. 우선 엄청나게 큰 시장인 중국, 그리고 그보다는 덜해도 우리나라의 세 배 가까운 인구를 갖고 있는 일본을 주된 타깃으로 삼고 있는데요.

중국의 경우, 웹소설 독자들이 작가에게 댓글을 통해서 요구하는 정도가 상당히 강하다고 합니다. 그러니까, 독자가 작품의 진행 과정에 대해 직접적으로 요구하고, 거기에 작가가 직접 응하는 것이 자연스러운 현상으로 받아들여지고 있다는 것입니다.

통계와 함께 제시된 소식이 아니라서, 그게 얼마나 일반적인 현상으로 존재하는지는 확인이 필요합니다. 다만 그게 사실이라면, 중국의 웹소설은 작가와 독자의 공동창작으로서의 성격이 상당히 강해진다는 이야기가 되겠지요.

한국은 어쨌든 웹소설의 선진국 중 하나이며, 글로벌 시장에서 주도적인 웹소설 콘텐츠 생산국으로 자리매김하려고 노력하는 사람들도 많습니다. 그런데 웹소설이라는 양식 자체에 접근하는 각 나라 사람들의 태도도 다양하고, 판타지나 로맨스 같은 하위 장르에 접근하는 태도 등도 다양하지요.

그렇기 때문에 상당히 가변적인 코드가 웹소설의 트렌드를 지탱하고 있음을 적극적으로 감안해야 하는 필요성이 확인되는 것입니다. 그럼 세부적으로 찬찬히 이야기해 보도록 하지요!

① 플랫폼과의 협업, 그리고 공모전

사실 플랫폼이 작가와 가시적으로 '협업'을 해주는 경우는 없다고 할 수 있습니다. 최소한 직접적이라고는 할 수 없지요. 하지만 간접적으로 플랫폼은 작가의 창작 과정의 여러 단계에 영향을 미칩니다!

일단 공모전은 가장 중요한 장치라고 할 수 있는데요. 플랫폼들은 단순히 작가들을 데뷔시키기 위해서 공모전을 개최하지 않아요. "물론 프로모션의 목적이 있겠지"라고 생각하는 분들도 많겠지요. 당연히 공모전마다 내세우는 이유가 있어요. 하지만 또 한 가지 이유를 들 수 있지요.

그건 바로 플랫폼의 이미지를 쇄신한다든가, 아니면 플랫폼에서 특정 하위 장르를 프로모션하기 위해서예요. 예를 들어서, 새롭게 런칭한 플랫폼이 있다고 합시다. 그 플랫폼의 제작자들은 자신들의 플랫폼이 '판타지' 장르로 인기를 얻었으면 해요. 그리고 그쪽으로 판촉 전략을 세워 놓기도 했고요.

그러면 자연스럽게 '판타지 공모전'의 형식으로 공모전을 개최하는 거예요. 그냥 '웹소설 공모전'이라는 제목이 달려 있어도, 실제로 공모전의 요강을 보면 공모전 주최자들이 기대하고 있는 장르나 작품의 성향이 보이는 경우가 많지요.

그 얘기는 결국 공모전이 작가들에게 작품 기획의 방향을 제시하고 있는 거나 마찬가지라는 거지요. 거시적으로 보면, 플랫폼의 운영 방향이 공모전처럼 어떤 지향성을 갖고 있음을 읽어낼 수 있는 경우가 많습니다. 게시판의 배분(여기에서는 작품 연재 게시판뿐 아니라 비평/추천 게시판 같은 것들을 두루 포함합니다)이라든가, 댓글란의 운영 방식이라든가, 아니면 작품 편집 방식의 변화라든가, 이런 곳들에서 다양한 영향력이 행사되지요.

그렇기 때문에 어떤 플랫폼에 참여해서 활동을 한다는 것은, 곧 그 플랫폼이 제시하는 기획의 방향과 어떤 식으로든 소통을 한다는 것을 뜻하지요. 플랫폼은 출판사나 서점하고는 달리 창작과 유통의 여러 과정에서 주도적인 역할을 하려고 하니까요.

웹소설 작가는 이런 사정에 대해 확실하게 파악하고, 플랫폼과 관계를 맺을 필요가 있는 겁니다.

Q. 플랫폼과의 협업은 어떻게 이루어지는가?

A. 플랫폼은 자체 시스템과 공모전 등의 이벤트를 통해 웹소설 창작에 영향을 미친다.

A. 프로모션, 공모전 등은 실제로 작가가 활용하기에 따라 여러 가지 협업 요소로 작용한다.

A. 작가는 플랫폼의 성격을 파악하여 협업 관계에 주체적으로 참여해야 한다.

② CP업체와의 협업

CP업체는 플랫폼과는 다르게 상당히 적극적이고 직접적으로 창작에 개입합니다. 보통 CP업체와 계약을 하면, 그 업체에서 담당자를 배정해 줍니다. 담당자는 완성된 작품의 편집 업무를 대행해주기도 합니다만, 작품의 진행 방향에 상당한 영향력을 행사하기도 합니다.

규모가 어느 정도 이상인 업체의 경우, 기획팀을 따로 꾸려 놓고 있습니다. 그래서 담당자에게 요청을 하면, 기획팀과의 만남을 주선해주는 경우가 대부분입니다.

제 경우를 예로 들면, 현재까지 세 군데의 업체와 계약을 맺고 활동했는데, 기획 과정에 대한 모든 논의가 담당자와 이루어지는 경우부터, 기획 과정이 담당자보다는 기획팀과의 협의로 이루어지는 경우까지, 다양한 형태로 협업 범위를 조정하게 되더군요. 기획팀이 따로 있는 경우, 담당자와는 작품 진행과 관련된 세부사항들을, 기획팀과는 더 큰 단위에서의 진행 상황을 협의하는 경우가 일반적입니다.

결국 작품 창작과 관련된 발언권이나 지분을 작가 입장에서는 CP업체와 나눠 가지는 거지요. CP업체도 플랫폼처럼 주력 장르가 마련되어 있는 경우가 많습니다. 그렇기 때문에 작가는 창작의 권한을 나누어 줄 CP업체를 잘 선택해야 하는 것은 당연한 일이겠지요.

계약상 매출을 분배하는 문제라든가, 업체의 재정건전성, 규모 등의 문제도 중요한 변수가 될 겁니다. 동시에, 그 업체가 창작의 주체로서, 혹은 창작의 조력자로서 어떤 성향과 어떤 작업 특성을 가지고 있는지 알아보는 것이 매우 중요합니다.

이런 사항들을 알아보기 위해서는 어떤 방법이 있을까요?

재정건전성이라든가, 사원의 수라든가, 매출 규모 같은 것을 업체에 거리낌 없이 물어보기란 쉽지 않겠지요? 이런 것들은 작가가 대놓고 업체 관계자들에게 묻기 어려운 것들이지요.

하지만 지금 이 부분에서 이야기하고 있는 창작과 관련된 특성이라든가 방침은 작가로서 별로 부담을 갖지 않고 물어볼 수 있는 사항들입니다.

가령 기획팀이 따로 마련되어 있는지, 작가에게 작품의 방향을 요구할 때 적극적으로 요구사항을 전달하는 편인지, 아니면 작가의 의견을 최대한 반영하는 방침인지 등에 대한 질문은, '불편한 상황'을 만들지 않고 작가가 얼마든지 물어볼 수 있는 사항들이겠지요.

만약 CP업체의 접촉을 받았다면, 이런 사항들을 정식으로 물어보는 것이 좋습니다. 작품을 무료로 연재하다 보면 업체 담당자들이 보고 그 작품의 작가에게 개인적으로 연락을 해서 계약이 성사되는 경우가 많습니다.

그 담당자도 본인이 '발굴'한 작품이 독자들에게 사랑을 두루 받고 잘 진행되는 것이 좋은 일이겠지요. 그렇기 때문에 담당자와 작가는 여러 부분에서 이해 관계가 겹칩니다. 따라서 협력 관계를 잘 구축하는 것이 작가에게 꽤 도움이 되는 것은 사실입니다. 그렇지만!

작가 입장에서 계약은 그 담당자가 아니라 업체와 한다는 것을 기억해야 합니다. 저도 작품 연재 중에 담당자가 교체된 적이 있어요. 그런 경우에도 여전히 계약은 남아 있지요. 따라서 담당자 한 사람과 주로 접촉한다고 해서 그 담당자의 성향만 파악하지 말고, 창작 과정에서 해당 CP업체가 갖고 있는 특성과 성향을 최대한 많이 파악하기 바랍니다.

CP업체의 특성을 파악하는 또 다른 방법은 무엇일까요? 바로 그 CP업체를 통해 유통된 작품들을 파악하는 것입니다.

무료작품의 경우, 계약이 이루어져 있어도 다른 사람들이 알 수 없는 경우가 많습니다. 저만 해도, 이미 계약된 작품이 무료연재 단계에 있는 동안 다른 CP업체로부터 계약 제안을 받은 경우가 있으니까요.

왜냐하면 무료연재일 때는, 정식 출판 상태가 아닌 것으로 판단되는 경우가 많아요. ISBN도 그 단계에서는 부여되지 않는 경우가 대부분입니다.

하지만 유료연재 단계에 돌입했다면, 보통 1화의 맨 마지막 부분에 판권이 명시되어 있고요, 거기에 지은이 외에 펴낸이, 펴낸곳 등이 표기되어 있어요. 그 부분이 바로 우리가 이 책에서 이야기하는 CP업체와 그 대표자를 가리킵니다.

아무래도 CP업체별로 작품이 정리되어 있지는 않기 때문에, 각 업체의 대표작들을 일목요연하게 확인하기는 쉽지 않을 거예요. 그럴 때에는 접촉해 온 CP업체에게 몇 가지 대표적인 작품을 알려달라고 하는 게 좋겠지요.

신인 작가의 입장에서는 "좋은 작품", "가능성 있는 작품"이라는 칭찬과 함께 계약 제의가 오면 마냥 신이 나서 곧바로 거기에 응하게 되는 경우도 있을 텐데, 상업적인 목적으로 만들어진 회사와 계약을 하면서 그렇게 순진하게 계약하는 것이 별로 현명한 태도가 아니라는 것은 굳이 말할 필요가 없겠지요? 흥분은 언제나 가라앉혀야 합니다.

요즘 CP업체들이 상당히 많이 생겨나기 때문에, 여러 업체에서 '러브콜'을 받는 경우도 많아요. CP업체 관계자도 자기 업체만 이 작가와 접촉하고 있다고 생각하지 않을 가능성이 높습니다. 그렇기 때문에 작가도 좀 여유를 가지고 파트너십을 맺을 업체에 대한 정보를 파악한 뒤 '선택'을 하는 게 중요하겠지요.

CP업체에 대해 가능한 많은 정보를 받은 다음에 선택을 하는 게 좋습니다. 또한 창작에 어느 정도 관여하는지 확인하고, 본인의 창작과 관련된 방침들에 대해 확실하게 소통하고, 합의를 보는 것이 중요합니다. 어떤 작가는 최대한의 자율성을 요구할 수도 있겠고, 어떤 작가는 최대한 많은 조언과 간섭을 요구할 수도 있겠지요. 이런 다양한 태도 중에 정답은 없습니다. 그러나 자신이 작가로서 협업에 있어 어떤 태도를 보일지 미리 생각해 놓는 것은 중요합니다!

Q. CP업체와의 협업은?

A. CP업체는 웹소설 작가의 일을 여러 차원에서 분담하고 노하우를 공유한다. 작품의 제작과 기획에 있어서 상당한 영향력을 행사한다.

A. 작가는 CP업체가 어떤 정도로 자신의 창작에 개입하도록 할 것인지를 주도적으로 결정하는 것이 좋다. CP업체를 선정할 때에도, 이에 대한 정보를 충분히 수집하고 결정해야 한다.

③ 작가와 독자의 협업

작가와 독자의 협업은 2장에서 했던 이야기의 반복이 될 수 있으므로, 여기서는 간단하게 이야기하겠습니다.

웹이라는 환경이 독자와 작가의 즉각적인 소통을 가능하게 만든다는 것은 아마 우리 모두 공유하고 있는 지식일 겁니다.

앞에서 이야기했듯이 작가와 독자는 일차적으로 댓글로 소통합니다. 독자가 작가에게 작품의 전개 방향에 대해 의견을 표시할 수 있는 가장 직접적인 방법이기도 하지요. 독자의 피드백을 모니터링하는 작가는, 자신의 창작에 그 피드백 중 일부를, 또는 전부를 수렴하여 적용할 수 있습니다.

하지만 이게 전부는 아니겠지요. 또 하나 중요하게 참고할 수 있는 독자의 반응은 다름 아닌 '조회수'입니다. 조회수에 대해서는 CP업체들도 상당히 민감하게 모니터링하기 때문에, 이 수치는 작가의 창작에 확실하게 영향을 미치는 요소라고 보아야 합니다.

주인공의 성격이 제시되거나, 혹은 새로운 방향으로 서사가 전개될 때 독자의 조회수가 부정적으로 변한다면, 그 방침을 선회할 가능성이 상당히 높습니다.

예를 들어, 하나의 사건이 끝나고 새로운 사건과 인물을 제시할 때 독자의 조회수에 부정적인 변화가 생긴다면, 그 사건과 인물이 '없었던 것'이 될 가능성도 상당히 높다는 말이지요.

실시간으로 독자의 반응이 모니터링될 수 있는 웹소설에서는 아주 일반적으로 발견될 수 있는 현상입니다.

또 하나, 독자들의 피드백 방법 중 여러 플랫폼에서 통용되는 것으로 '추천'과 '즐겨찾기' 기능이 있습니다. 그리고 '별점'이라는 말로 자주 불리는 '평점' 부여 시스템 또한 있지요.

추천은 그야말로 다른 독자에게 "이 작품(화)은 볼 만하다"고 추천하는 기능입니다. 별점도 작품에 대한 평가를 통해 다른 독자에게 작품을 홍보하는 기능을 수행하지요.

문피아와 조아라에서는 별점이 상대적으로 중요한 역할을 하지 않습니다. 하지만 네이버와 카카오페이지에서는 이 별점이 작품을 평가하는 중요한 척도 역할을 하지요.

별점이나 추천 시스템은 플랫폼마다 다양해서, 작품당 한 번밖에 할 수 없기도 하고, 한 화 한 화 매번 다시 할 수도 있습니다. 이 중에 한 화마다 별점을 매기는 시스템은, 사실상 조회수만큼 독자가 현재 전개에 대해 만족하고 있는지를 작가가 모니터링할 수 있는 시스템입니다.

그리고 '즐겨찾기' 기능이 있는데, 웹소설의 장에서는 대개 '선작'(선호작품 등록)이라고 합니다. 어떤 작품을 '선작'해 두면, 그 작품의 새로운 화가 등록되었을 때 독자에게 알림이 갑니다.

이 '선작'은 작가 입장에서는 홍보라기보다는 독자의 취향에 맞는 작품임을 알 수 있게 해주는 기능입니다. 또 '선작'의 수는 작품의 인기를 반영하는 매우 직접적인 척도이기도 합니다. 선작이 많이 붙은 작품들을 검토하여 기획에 이를 반영하는 작가가 늘어나는 것은 자연스러운 추세라고 할 수 있을 것입니다.

Q. 독자는 어떻게 작가와 협업하는가?

A. 웹소설은 실시간으로 연재되기 때문에 독자의 개입이 가능하다.

A. 조회수, 추천, 별점, 선작, 댓글을 통해 다양하게 독자는 개입한다.

A. 이러한 독자의 개입을 적대적으로 규정하지 않고 협업 관계로 승화시키는 것은 작가의 몫이다.

④ 다른 작가들과의 협업

사실 작가의 커뮤니티란 예전부터 존재해 왔습니다. 하지만 웹소설의 특성상, 상당히 많은 작가들이 크고 작은 커뮤니티에 가입되어 있다는 것을 강조하지 않을 수 없습니다. 웹을 기반으로 활동하기 때문에 작가들도 웹 환경에 익숙하고 웹의 활용 능력이 뛰어나니 당연한 현상입니다.

종이책 출판 시절의 문단과 비교하면 그 개방·폐쇄성에서 차이가 있다고 해야겠지요. 블로그, 카페, 단톡방, SNS 등 여러 매체를 넘나들면서 작가 커뮤니티는 활동하고 있습니다.

저의 경우는 카카오톡과 슬랙slack으로 커뮤니티 활동을 하고 있는데, 웹소설 작가들이 활동하고 있는 다양한 경로를 조사하고 따라가는 것조차 쉽지 않은 일이더군요.

예를 들어봅시다. 다음과 같은 명제가 있습니다. "예상과는 달리 BL물의 주된 독자층도 여성이었고, GL물의 주된 독자층도 여성이었다. BL물의 독자는 남녀 비율 1:9, GL물의 독자는 3:7 정도 된다."

자, 이건 독자층에 대한 통계적인 접근이지요. 작가 입장에서 이런 통계적인 접근은 매우 도움이 됩니다. 자신이 기획·집필

하는 작품의 독자가 주로 어떤 사람들인지를 파악하는 것이 중요하다는 것은 굳이 증명할 필요가 없는 일이겠지요?

그렇지만 이런 통계적인 조사가 실제로 이루어지는 일은 극히 드뭅니다. 누가 그런 걸 정말 객관적인 방법으로 조사하고, '입증'할 수 있을까요? 엄청난 시간과 에너지가 들어가는 일이고, 또 그걸 조사했다고 해도 시시각각 변화하는 시장의 특성상 금방 사정은 변하게 됩니다.

따라서 시장의 판도, 독자들의 성향 변화는 어디까지나 관계자들의 추측성 가설들로만 존재할 뿐입니다. 무수히 많은 그 가설들은 궁극적으로는 주관적인 것이지만, 그래도 일정 정도 이상의 설득력과 개연성을 갖추고 있습니다.

사실 모든 인문학적 가설들이 이런 한계를 가지지만, 가설들이 완전하지 못하다고 도움이 되지 않는 것은 아닙니다. 우리는 내일 지구가 멀쩡할 거라는 가설을 가지고 생활합니다만, 그 가설은 지극히 경험적이고 엄밀하지 않은, 논리학적으로 접근하면 '귀납 오류'에 불과하거든요. 하지만 그렇다고 해서 그런 가설을 참고하지 않는 것은 아니니까요.

따라서 이 '유용한 귀납 오류'들이 끊임없이 제시되는 작가 커뮤니티는 여러모로 웹소설 작가에게 도움이 되는 공간입니다. "요즘 독자들은 이런 걸 좋아하는 것 같아요", "그 장르는 제 경험으로는 30대 남성 독자들 취향에 맞추는 게 좋아요"라는 식으로, 작가들이 서로 의견을 제시하고 각자의 노하우를 공유하는 거죠.

이런 현상은 사실 예전에도 있었습니다만, "예술은 혼자서, 영감으로 한다"는 인식이 강했던 만큼 전통적 소설의 작가들 사이에서는 소통이 활발하게 이루어지지 않았습니다. 이제는 시대가 변했고, 창작과 관련된 여러 가지 의식들도 바뀌었습니다. 21세기의 작가라면 자신이 속한 커뮤니티를 자신의 자원으로 십분 활용할 수도 있어야겠지요!

Q. 다른 작가들과는 어떻게 협업하는가?

A. 블로그, 단톡방, 웹페이지, 오프라인 모임 등 다양한 작가의 커뮤니티가 형성되어 있다.

A. 노하우는 물론, 시시각각 변화하는 트렌드를 공유하는 것은 창작에 매우 도움이 된다.

2

웹소설 유통 과정의
특징

자, 그럼 웹소설 유통 과정의 특징에 대해 이야기해 봅시다.
이 장에서는 모처럼 숫자를 써 가면서 수치 이야기를 해보겠
습니다.

① 인세, 혹은 수익 배분

인세印稅는 책의 판권면에 도장을 찍은 증지를 붙여서 작가의 저작권을 표시하고 발행 부수를 확인하던 때에 생긴 말이지요. 도장을 찍은 만큼 들어오는 수입이라서 인세라는 이름이 붙었는데, 작가에게 원고료를 지급하는 방식 중 하나라고 할 수 있어요. 한마디로 작가들의 '밥줄'입니다. "인세로만 생활하고 싶지 않아?"라는 일본 개그 만화의 대사가 있는데, 전업 작가를 꿈꾸는 사람으로서는 언제 들어도 두근거리는 말입니다. 다른 수입 없이 원고료만으로 생활이 된다는 거니까요.

사실 '전업작가'가 권할 만한 직업이 된 적은 인류 역사상 없었다고 해도 과언이 아닙니다. 하지만 요즘 웹소설의 장에서는 "전업작가가 되는 것을 권할 수 있는 시대가 있다면, 그게 바로 지금 아닐까"라는 이야기가 심심찮게 유통되고 있습니다. 그만큼 현재 웹소설이 가지고 있는 시장성이 폭발적이라는 것이지요.

물론 CP업체 관계자들 중 상당수는 "그래도 여전히 전업작가가 되는 것은 권하지 않습니다. 다른 일을 하면서 웹소설을 부업으로 하시는 것을 가장 추천합니다"라고 말하는 경우도 많기 때문에, 웹소설 전업작가의 전망이 다른 직업에 비해 더 좋은지에 대해서는 의견이 분분합니다.

하지만 최소한 20세기 후반, 21세기 초반 종이책 출판 시장의 소설가로 진입하는 것보다 수익과 관련한 전망이 더 좋다는 사실만큼은 부정하기 어려울 겁니다. 시장의 성장세, 그리고 고료의 배분 문제 등을 보았을 때 그 점은 꽤 확실해 보이거든요.

자, 그럼 먼저 인세 이야기부터 해봅시다. 일단 종이책 출판과 비교를 해보지요.

소설을 포함한 모든 종류의 종이책 출판의 인세 기준은 정가의 10퍼센트입니다. 신인 작가의 경우 출판사가 홍보 등의 조건을 내세워서 그것보다 더 깎기도 하고, 인기 작가의 경우 출판사마다 영입 경쟁을 하느라고 그것보다 더 주기도 합니다. 하지만 수십 년째 10퍼센트는 인세 기준치로서 부동의 위치를 유지하고 있습니다.

하지만 이에 비해서 웹소설의 인세는 엄청나게 높은 편입니다. 단순히 "종이에 인쇄해서 책으로 만들지 않기 때문에"라는 설명으로는 충분하다고 생각할 수 없을 정도로 차이가 크지요.

문피아나 조아라 같은, 작가가 플랫폼과 곧바로 유료작품의 연재 계약을 할 수 있는 곳에서는 60~70퍼센트, 많으면 80퍼센트에 가까운 인세를 받아갈 수 있습니다.

이게 아마 종이책 소설 출판과 웹소설 출판의 가장 큰 차이점이라고 할 수도 있을 겁니다. 한 화에 100원짜리 작품을 독자가 구매하면, 70원 이상의 돈이 작가에게 돌아갈 수 있는 구조인 겁니다. 따라서 작가가 직접 플랫폼과 계약하고, 홍보나 편집 등 제반 사항들을 모두 스스로, 성공적으로 해낼 수 있어서 높은 판매량을 올릴 수 있다면, 종이책 시장과는 차원이 다른 수익을 올릴 수 있는 것이지요.

그러나 요즘에는 플랫폼과 직접 계약하는 작가보다 CP업체를 중간에 두고 계약하는 작가들이 더 많아지는 추세입니다. 이 경우를 생각해 볼까요?

작가 입장에서는 다른 사람(업체)과 수익을 한 번 더 분배하는 거지요. 원래는 플랫폼과 작가라는 양자가 수익을 나눴다면, CP업체가 들어와 3자 배분이 되는 거지요. 이 경우 당연히 작가는 수익이 줄어들게 되어 속이 쓰릴 수 있지요. CP업체는 작가에게 떨어지는 원고료에서 자신의 몫을 가져갑니다. 플랫폼으로 가는 수익분에서 자신의 몫을 가져가지 않거든요.

그러니까 CP업체를 중간에 낄 것인가 말 것인가는 결국 작가가 자신의 수익을 CP업체와 나눌 것인가의 문제가 됩니다. 수익을 나누는 대신 CP업체는 많은 일을 해주지요. 홍보, 편집, 기획, 일러스트 섭외 등 여러 가지 일을요. 그런 서비스를 받으면서 작품을 연재하는 '투자'를 할 것인지, 아니면 그런 일들을 자신이 직접 하고 수익을 독점할 것인지, 작가가 선택하는 것입니다.

이 경우에, CP업체는 작가에게 돌아가는 인세 중 20퍼센트나 30퍼센트를 가져갑니다. 그러니까 100원에서 30원 정도를 플랫폼이 수익으로 가져가고, 남은 70원의 30퍼센트, 대략 20원 정도를 CP업체가 가져가는 겁니다.

제 경우를 예로 들면, 한 명의 독자가 100원 주고 제 작품 한 화를 결제하면 저에게 43원이 떨어지는 계약 형식입니다. 계약 조건에 따라 수익이 달라지는 건 굳이 말할 필요가 없겠지요? 대략 40~55원 사이에서 작가의 수익이 결정된다고 생각하면 될 것 같습니다.

그러면 간단하게 계산해 볼까요? 제 작품이 인기를 끌었고, 유료연재분 한 화당 1천 조회가 발생을 했고, 그런 작품을 열권 분량, 즉 250화를 연재했다면?

43원 × 1,000(조회수) × 250화 = 10,750,000(원)

약 1천 75만 원 정도의 수익이 발생했군요. 상당하지요? 만약 이게 종이책이었다면 250만 원 정도의 인세를 받을 수 있었 다는 이야기네요. 그렇기 때문에 웹소설의 수익분배구조는 신인 작가에게 상당히 매력적으로 보일 수밖에 없는 거지요.

물론 이 250화를 쓰기 위해 얼마만큼의 시간과 노동을 투자 했느냐에 따라서 이 금액은 높은 것일 수도 있고 낮은 것일 수도 있습니다. 하지만 상당히 높은 인기를 얻는 작품들의 경 우는 작품당 1천이 아니라 훨씬 더 높은 조회수를 올릴 수 있 기 때문에, 일 년에 억대 수입을 올리는 작가가 수십 명, 수백 명일 거라는 추산이 나오는 거지요.

어쨌든 웹소설의 수익분배 구조는 종이책 시장과 비교하면 훨씬 작가에게 유리한 편입니다. 하지만 신인 작가나 작가 지 망생 분들께 한 가지 강조하고 싶은 게 있습니다. 그것은 이 런 분배 기준을 단순히 종이책 시장의 그것과 동일선상에 놓 고 비교해서 덥석 계약을 해버리는 우를 범하지 말라는 것입 니다.

저도 '10퍼센트'라는 종이책 시장의 기준을 가지고 있다가 40~50퍼센트의 인세를 받을 수 있다는 계약 기준을 보고 처 음에는 눈이 돌아갔달까요. 앞뒤 재어 보지 않고 계약을 체 결한 적이 있습니다. 제가 처음 계약한 업체는 업계 기준으로 꽤 '괜찮은' 곳이었기 때문에 다행히 저는 그렇게 앞뒤 재어 보지 않고 계약한 대가를 크게 치르지는 않았습니다.

하지만 제가 나쁜 업체에 걸렸으면 상당히 큰 상처를 입었을 수도 있는 상황이지요. 업계는 업계의 기준이 있습니다. 종이 책 업계와 웹소설 업계는 분명히 구별되는 업계이고요. 그렇 기 때문에 종이책 업계의 관행을 기준으로 웹소설 업계의 기 준에 접근하면 쓸데없이 너그러워지거나 감동을 받게 되기 십상입니다. 하지만 웹소설 업계의 배분율이 이렇게 된 데에 는 다 나름의 이유가 있습니다. 작가가 쓸데없이 너그러워질 필요는 없어요.

저는 강의 중에 이런 이야기를 하기도 합니다. "종이책 소설 가의 인세는 10퍼센트, 웹소설 작가의 인세는 50퍼센트. 단순 히 인쇄 비용과 종이값이 빠졌기 때문에 인세비율이 오른 게 아니라, '작가의 일몫'이 늘었기 때문에 그런 겁니다!" 여기 서 제가 하고 싶은 말은, 인세가 늘어났다는 것은 '웹소설 작 가의 일'이 늘어났다는 것을 의미한다는 것입니다.

인세 비율 등을 고려하며 어떤 업체와 계약을 할지, 어떤 내 용의 계약을 할지 고민하는 것도 '웹소설 작가의 일'에 해당 하는 거지요.

아, 참고로 한 가지만 덧붙이겠습니다. 앞서 말한 것처럼 네이버와 카카오페이지의 경우는 원칙적으로 작가 개인과 계약을 체결하지 않습니다. 그렇기 때문에 반드시 CP업체나 출판사, 에이전시를 통해야 하지요. 따라서 사실상 작가는 자신과 CP업체, 그리고 플랫폼 사이의 3자 배분을 필수로 선택해야 합니다.

Q. 웹소설 작가의 수익구조는
기존 소설가와 많이 다른가?

A. 엄청나게 다르다. 일단 인세
비율부터가 비교가 되지 않는다.

A. 웹소설 작가가 자신의 수익
범위를 정하는 것은, 곧 분업/협업
범위를 정하는 일이기도 하다.
플랫폼, CP에게 대행을 시키는
것은, 곧 작가가 자신의 수익을
배분하는 일이다.

② 판매

웹소설은 종이책으로 출간되기도 합니다. 그런 경우를 보면서 웹소설과 전통적인 소설의 경계가 흐릿해진다고 말할 수도 있겠네요. 하지만 웹툰이 종이책으로 출판되었다고 해서 웹툰이 전통적인 만화가 되는 것은 아니죠. 웹소설도 책으로 출간될 수 있다는 사실이, 전통 소설과 구별되는 웹소설만의 특성을 사라지게 만드는 것은 아닙니다.

한 5년 전, 멀게는 10년 전만 해도 자기 작품의 지명도와 인기를 올려서 종이책을 출간하는 것이 많은 웹소설 작가들의 목표였습니다. 하지만 이제는 웹소설을 종이책으로 출판한다고 해서 그 매출이 엄청나게 늘어나는 시대가 아니기 때문에, 그런 목표를 가진 작가들의 수는 극단적으로 줄었다고 할 수 있습니다.

그래도 종이책 출간이 어떤 '경력'으로 인정받기 때문에, 굳이 그것을 목적으로 하지는 않지만 출판 제의가 들어오면 마다하지는 않는 게 추세라고 할까요? 종이책 출간을 전제로 한다는 CP업체가 있기는 하지만, 그걸 자신들의 특징으로 강조한다는 것은 종이책 출간이 대부분의 작가나 업체에게 좀 특별한 일이 되었다는 것을 반증하는 것이기도 합니다.

웹소설이 종이책 출간으로부터 점점 자유로워지는 이유는 사실 아주 간단합니다. 웹상에서 충분한 수익을 올릴 수 있는 구조가 마련되었다는 사실이지요.

웹상에서 이루어지는 웹소설의 판매는 크게 두 가지로 나눌 수 있습니다.

연재와 단행본 판매이지요. 연재는 말 그대로 한 화 한 화를 판매하는 방식이고, 단행본 판매는 20화에서 30화 단위로 묶은 단행본 한 권을 판매하는 방식입니다. 한 화당 5,000자를 기준으로 할 때 대략 25화가 한 권 분량이 되고, 가격도 한 화 100원, 단행본 한 권 2,500원 정도가 되는 것을 기준으로 생각하면 됩니다.

완결된 경우에는 같은 작품이라도 한 화 단위로 구매하거나 단행본 단위로 구매할 수 있어요. 종이책 시절과 비교해 보면, 그때는 연재가 일단 끝난 작품을 한 화 단위로 구매하기는 어려웠지요. 하지만 지금은 연재가 끝난 작품이라도 웹상에 남겨 두고 유통할 수 있기 때문에, 단행본 구매와 연재 회별 구매를 독자가 선택할 수 있지요.

연재는 이용권, 대여 등의 과금 방식과 소장용 판매 방식으로 다시 나눌 수 있습니다. 앞의 경우는 독자가 작품에 대한 소유권을 갖지 못하고요, 뒤의 경우에는 그야말로 '구입하여 소유'하는 것이 되겠지요.

이용권, 대여 등은 모두 '소장'하고는 거리가 멉니다. 조아라 노블레스의 경우 24시간 이용권을 구매했을 경우, 그 이용권의 사용 범위 안에 있는 모든 작품을 24시간 안에는 자유롭게 볼 수 있지만, 시간이 지나면 아무것도 볼 수 없는 거죠.

대여는 일주일, 한 달 정도의 기간 동안 해당 작품을 볼 수 있는 권한을 부여하는 방식입니다. 보통 프로모션의 일환으로 제공되기 때문에, 모든 작품을 대여 형식으로 볼 수 있는 건 아닙니다. 특정 기간, 특정 작품에 한정해서 실시하는 방식이라서, 아직은 작가의 입장에서 크게 고려할 선택지는 아니라고 할 수도 있습니다.

하지만 상품 개발과 정착은 언제나 시시각각 상황이 변하기 때문에, 이 방식이 차지하는 비중이 늘어날 가능성도 얼마든지 있습니다.

한 화의 판매는 가장 일반적인 방식입니다. 100원을 주고 한 화를 사는 거지요. 물가상승률이 있기는 하지만, 아무래도 100원이었던 가격을 110원으로 올릴 때에는 심리적 저항이 만만치 않을 겁니다. 따라서 향후 5년 이상은 "웹소설 한 화에 100원"이라는 공식이 유지되지 않을까, 조심스럽게 예측해 봅니다.

5,000자에 100원. 5,000자면 조판이 넓게 되어 있는 웹소설이나 장르소설 단행본으로 치면 대략 15페이지 정도입니다. 원고지로는 25매이고요. 관점에 따라서는 적당한 가격일 수도, 싸거나 비싼 가격일 수도 있습니다. 가격의 단위 자체가 낮다고 마냥 싼 가격이라고 치부할 수는 없습니다.

어쨌든 이 방식이 현재 웹소설을 유료로 이용하는 가장 대표적인 방식입니다. 이게 대표적인 방식이라는 사실이 국내 웹소설 유통구조의 특성을 만들기도 합니다.

일본이나 유럽은 한 화 단위가 아니라 한 권 단위로 판매하는 전자책 형태가 주를 이루고 있지요. 하지만 우리나라는 그런 큰 단위가 아니라 필요한 만큼 작은 단위로 구매하는 방식의 과금에 이용자들이 익숙해져 있습니다.

넓은 의미에서 보면 웹소설의 한 화 한 화도 전자책의 범주에 넣을 수 있습니다만, 그래도 한 권 단위로 구입을 하는 게 일반화된 시장과, 한 화 단위로 구매하는 게 일반화된 시장은 양상이 많이 달라집니다.

이것은 국내의 유저들이 온라인 게임의 과금이나 동영상 플랫폼의 과금 등 그때그때 이용하고 싶은 콘텐츠를 소액 단위로 결제하는 것에 익숙해진 것과 관련이 있다고 봐요. 그래서 웹소설 한 화 한 화는 작은 단위이지만 어엿한 하나의 상품 단위로서 기능을 하게 됩니다.

요즘 웹소설 작가들은 한 화 안에서도 기승전결을 갖추도록 요구를 강하게 받습니다. 100원을 내고 상품 하나를 구입한 독자들이 지불한 만큼의 값어치를 요구하기 때문에, 웹소설의 한 화는 자기 안에서 완결성을 갖추어야 할 당위성이 생긴 것입니다. 또한 그것이 웹소설의 내용적 특성에까지 영향을 미치고 있는 상황인 거지요!

Q. 웹소설의 판매 방식은?

A. 이번에는 그림으로 정리한다!

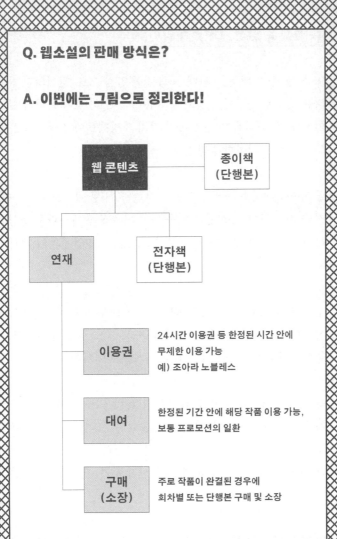

웹 콘텐츠 — 종이책 (단행본)

연재 / 전자책 (단행본)

이용권
24시간 이용권 등 한정된 시간 안에 무제한 이용 가능
예) 조아라 노블레스

대여
한정된 기간 안에 해당 작품 이용 가능, 보통 프로모션의 일환

구매 (소장)
주로 작품이 완결된 경우에 회차별 또는 단행본 구매 및 소장

③ 플랫폼 입점, CP업체와의 계약

이 장은 '수익 배분 → 판매 → 플랫폼 입점'으로, 원래의 과정과는 거꾸로 순서가 구성되어 있습니다. 쓰다 보니 어쩌다 그렇게 된 건 아니겠지요! 웹소설 작가 지망생들이 가장 관심을 두는 순서로 작성한 결과입니다.

플랫폼에 작품을 올리게 되는 경우는 크게 두 가지로 나눌 수 있습니다. 하나는, 회원 가입을 하고 자유롭게 게시판을 생성하여 작품을 연재하는 것이고, 또 하나는 CP업체와의 계약에 의한 거예요.

우선 자유롭게 연재를 시작하는 경우, 대부분 무료연재부터 시작합니다. 이 과정을 거쳐서 독자가 어느 정도 늘어나면, 플랫폼과 다시 유료계약을 하고 연재를 이어가게 됩니다.

문피아나 조아라, 그리고 대부분의 플랫폼은 작가가 자유롭게 무료/유료연재를 결정할 수 있습니다. 그러나 일반적으로 조회수나 선작 수로 유료화 여부를 결정하는 경우가 많습니다. 문피아를 기준으로 하면 대개 선작 수가 1만이 넘을 때 연재를 유료화합니다.

단 열 명의 고정 독자를 확보하고 있어도 작가의 의지에 따라서 유료화를 할 수도 있습니다. 하지만 웹소설 독자들은 앞 장에서 이야기한 것처럼 사납습니다. 선작 수가 기준에 못 미치는데 유료화를 한 작품에는 독자들이 "함량 미달의 작품으로 돈을 받으려 든다"는 식으로 공격적인 반응을 보이는 경우도 많습니다.

저는 이런 현상에 대해서는 상당히 비판적인 입장입니다. 선작 수, 혹은 고정 독자의 수가 반드시 그 작품의 질을 결정하는 건 아니니까요. 그리고 작품을 돈을 받고 팔 것인지, 아니면 무료로 제공할 것인지는 전적으로 생산자 입장에서 결정해야 할 일이 아닐까요?

네이버나 카카오의 경우는, 작가도 연재 게시판을 건드릴 수 없습니다. 자체 심사를 거쳐서 유료연재가 결정되면, 작가나 CP업체가 작품을 해당 플랫폼의 작품 담당자에게 이메일로 보내고, 담당자가 게시물에 업로드해주는 방식입니다.

네이버 시리즈에 연재되고 있는 제 작품을 모니터링하기 위해서는 작가인 저도 결제하고 구매해야 합니다. 또한 공지를 직접 올릴 수도 없고, 만약 올리고 싶은 말이 있다면 플랫폼 담당자에게 메일로 요청을 해야 합니다. 그 요청이 플랫폼 방침과 맞지 않는다면 공지가 거부되기도 하지요.

이 경우는 플랫폼이 게시판 관리를 독점하고 있는 것인데, 이렇게 플랫폼마다 유료작품에 대한 작가와 플랫폼의 협업 범위가 매우 다르게 설정되어 있으니 이에 대해 꼭 알아 두는 게 좋습니다!

다음은 CP업체와의 계약 체결입니다. 가장 일반적인 경우는, 무료연재를 하고 있는 중에 CP업체의 연락을 받는 것입니다. CP업체의 편집자들은 상당히 활발하게 연재작들을 모니터링하고 있습니다. 그리고 가능성이 보이는 작가나 작품을 만나면 연락을 해서 계약을 맺습니다. 계약된 작품은 다시 기획을 거쳐서 유료화 전략을 짜거나, 웹소설의 문법에 맞게 수정하여 연재를 다시 시작하기도 합니다.

CP업체의 연락을 받은 작품이 무조건 많은 조회수를 올릴 수 있는 작품인 것은 아닙니다. CP업체 담당자들은 저마다의 다양한 기준으로 작품이나 작가의 '가능성'을 가늠하니까요. 그렇기 때문에 CP업체의 연락을 받았다고 해서 곧바로 그 작품이 시장에 성공적으로 안착할 수 있다고 판단하는 것은 좀 위험합니다.

또 다른 방법은 CP업체에 작가가 직접 투고를 하는 것입니다. 규모가 크고 잘 알려진 CP업체는 자체적으로 공모를 실시하기도 하고, 또 비정기적으로 혹은 상시로 원고를 받아서 검토하기도 합니다.

저도 한번 인연을 맺은 CP업체의 기획팀에 새로운 아이디어
나 작품 기획을 보내서 검토를 받기도 하는데, 그 과정에서
CP업체의 기획자와 마음이 맞으면 작품을 같이 하겠지요?
출간 경험이 있는 작가는 이런 식으로 이전에 협업했던 업체
와 계속 일을 해 나가는 정기적인 관계를 구축하기도 합니다.

CP업체와 전속계약을 맺을 수도 있습니다. 일정 기간 동안
자신의 작품을 해당 업체와만 함께 제작하여 출판하는 건데
요. 이 경우 인세 등에서 더 유리한 조건을 확보할 수 있지만,
말 그대로 전속계약이기 때문에 다른 업체와의 협업에는 제
약이 생기겠지요. 잘 고려해 봐야 하는 선택지라고 할 수 있
습니다.

**Q. 플랫폼에 입점하고 CP업체와의 계약 때
주의할 것은?**

**A. 업체와 계약하고 수익을 나누는 것이다!
계약 내용을 꼼꼼히 검토하고, 업체의 성향과
방침을 파악하라!**

**A. 계약을 맺는다고 해도 플랫폼과
CP업체에 모든 것을 일임하고 신경 쓰지
않는 것은 좋은 태도가 아니다.**

3.
웹소설과
주변 장르

자, 그럼 화제를 살짝 바꾸어서 웹소설과 주변 장르의 관계에
대해 이야기해 보도록 합시다.

뒤에 OSMU에 대해서도 이야기를 하겠지만, 21세기에 창작
을 하면서 자신이 만든 이야기가 한 가지 양식에 종속된 채로
끝까지 갈 거라고 생각하는 작가는 별로 없습니다.

소설가라면 자신의 작품이 영화화되는 것이나 게임으로 각
색되는 것 등을 상정하기 마련이지요. 20세기의 소설가들은
"내 작품의 영화화를 거부했다!", "내 작품을 영화로 만든다
고 가져갔는데 나는 소설 말고는 아무것도 몰라서 제작 과정
에 전혀 신경 쓰지 않았다!"라는 말을 공공연하게 하기도 했
어요.

하지만 21세기 작가들이 보기에 저 말은 좀 '꼰대' 같은 말이
지요. "작가는 창작 말고는 아무것에도 관여하지 않는다"는
자세는 이 책이 강조하는 '웹소설 작가의 일'과는 정반대의
양상을 보이는 마인드이기도 합니다.

웹소설 작가들 대부분은 자신의 작품이 여러 양식으로 확산되기를 바라고, 또 그런 일이 이루어지면 해당 양식의 제작 과정에 어떤 식으로든 참여하기를 꿈꾸지요. 가령 작품의 각색을 직접 맡는다든가, 아니면 최소한 '카메오'로라도 출연하려는 희망을 갖고 있는 경우가 많습니다.

일단 여기에서는 주변 장르 중에서도 웹소설과 친연성이 강한 양식을 한번 보도록 하겠습니다. 웹소설과 가장 가까운 양식은 당연히 소설이겠지요. 하지만 소설이 웹소설로 각색되거나 웹소설이 소설로 각색되는 일이 일어나는 것은 매우 요원해 보입니다. 웹소설과 소설의 양식적 특성이 눈에 띄게 차이가 나야 그런 일이 가능해지겠지요.

우리가 한 가지 기억해야 할 것은, 웹소설의 호흡이 상당히 길다는 것입니다. 따라서 웹드라마나 영화 같은 상대적으로 짧은 호흡을 갖고 있는 양식보다는, 웹툰이나 방송드라마 같은 비슷한 호흡을 갖고 있는 양식과의 친연성을 강조할 수 있겠네요. 그런 점에서는 게임도 마찬가지입니다.

웹툰이나 방송드라마로 넘어갈 때에는 웹소설의 스토리를 크게 뜯어고치지 않아도, 혹은 무언가를 잘라내거나 더하지 않아도 큰 무리 없이 각색을 해낼 수가 있습니다.

하지만 영화처럼 상영시간의 제한이 있는 양식으로 갈 때에는 각색이 상당히 많이 이루어져야겠지요.

게임은 세부 장르에 따라 다르지만, 우리나라에서 절대적인 시장 점유율을 차지하고 있는 MMORPG로 웹소설의 내용을 가져가기 위해서는 세계관 설정이 중요합니다. 캐릭터 설정(종족 설정을 포함한)도 역시 중요하지요. MMORPG는 유저 개인 하나하나의 경험을 제공해야 하므로, 아무래도 주인공 중심의 서사인 웹소설의 줄거리를 그대로 쓰기는 힘들게 되겠지요.

'비주얼노벨'은 게임 장르 중에서 웹소설과의 친연성이 가장 강한 양식이라고 할 수 있습니다. 『장씨세가 호위무사』같은 작품은 웹소설을 비주얼노벨로 각색한 아주 좋은 예라고 할 수 있습니다. **그림25 319쪽** 🔗

저는 비주얼노벨이 갖고 있는 가능성을 상당히 높이 평가하는 사람 중 한 명이었는데, 아무래도 과금 체계 때문인지, 불법 다운로드가 쉬운 때문인지 우리나라에서 괄목할 만한 매출을 보여주는 작품을 찾기는 쉽지 않더군요. 어쨌든 비주얼노벨은 단선적인 스토리도, 분기가 나누어지는 스토리도 모두 자유롭게 담을 수 있는, 호흡이 긴 장르이기 때문에 웹소설과의 친연성이 상당히 높다고 할 수 있습니다.

'주변 장르'라는 말을 사용했지만, "웹소설의 가까운 주변에는 어떤 장르가 있는가"라는 물음에는 관점에 따라 다양한 답을 내놓을 수 있습니다.

웹소설과 가장 비슷한 장르는 소설이지만, OSMU의 관점에서는 너무 비슷하기 때문에 오히려 소설과 웹소설은 먼 장르가 되지요. 또 각색의 쉽고 어려움을 가지고 주변 장르를 따질 수도 있고, 아니면 각색이 실제로 얼마나 많이 되는가를 살펴볼 수도 있습니다. 영화는 각색의 용이성으로 볼 때는 웹소설과 먼 장르이고, 실제로 각색이 될 가능성이 높다는 점(즉 각색의 난이도가 아닌 수요의 측면)에서는 주변성이 강한 장르가 되겠지요.

웹툰은 난이도의 측면, 수요의 측면에서 웹소설과 가장 가까운 장르라고 할 수 있습니다. 최근 '프롤로그 웹툰'이라고 해서, 웹소설의 1화나 프롤로그를 웹툰으로 각색하여 웹소설 플랫폼에 서비스하는 경우도 생겼습니다.

아무래도 가독성과 시인성, 또 독자의 주목도 면에서는 웹툰이 갖고 있는 장점을 무시 못 하겠지요? 웹소설 안에 웹툰 형식의 에피소드가 들어오는 방식은, 웹소설과 웹툰이 하나의 작품에서 합쳐지는 상당히 흥미로운 현상이라고 할 수 있겠습니다.

웹이 가진 자유로움 때문에, 이렇게 이전 시대에는 상상하기 힘들었던 새로운 형태의 복합이 나오기도 하므로, 웹소설 작가는 주변 장르의 동향과 웹소설과의 결합 가능성, 협업 가능성 등에 대해서 항상 예의주시하는 것이 좋습니다.

Q. 웹소설은 다른 장르로 변환되기 쉬운가?

A. 웹소설은 가공되기 이전의 원천 이야기에 가장 가까운 형태를 취하고 있다. 따라서 다양한 장르로 각색과 변주가 용이하다.

A. 웹툰, 웹드라마, 영화 등 다양한 장르로 변주되기 때문에 트렌드와 이런 가능성에 대해 작가는 항상 주시하고 있어야 한다.

4
소설가 = 작가 VS.
소설가 ≠ 작가

20세기에는 '소설가'의 또 다른 명칭이 '작가'였습니다. 둘이
사실상 같은 말이었지요. 시인은 '시인'이라고 따로 부르고,
'작가'라고는 잘 부르지 않았고요.

하지만 상당히 굳건해 보였던 '작가'와 '소설가'라는 두 단어
의 결합이 상당히 느슨해졌음을 느끼는 요즘입니다.

'웹소설가'라는 말보다는 '웹소설 작가'라는 말이 더 일반적
인 명칭으로 정착했지요. '작가'와 '소설가'라는 명칭이 균열
을 보이는 것은, 옛날처럼 창작이라는 행위가 특정 양식에 종
속되지 않게 된 것과 관련이 깊습니다.

과거에는 창작과, 소설이라는 양식에 그 창작된 이야기를 정
착시키는 것이 동시에 이루어졌습니다. 하지만 지금은 좀 다
르지요. 앞에서 이야기했던 것처럼, 본인이 만든 이야기가 다
른 양식으로도 적용되는 것을 상정하면서, '이야기 창작 ≠ 소
설 창작'처럼 두 개의 행위가 구별되어 인식되기 시작한 것입
니다.

주변 장르와의 관계를 고려할 필요가 없고, 또 소설 외의 양식에 관심이 없었을 때에는 이 부등호가 거의 느껴지지 않았던 거지요.

이제 웹소설 작가는 자신의 '창작 행위와 그 창작한 것을 특정 양식에 맞게 적용하는 행위를 구별할 필요가 있습니다. 그리고 작가마다 이 두 가지 행위 중 어떤 것에 집중할 것인지, 혹은 둘 다 자신의 작업 범위 안에 넣을 것인지를 고민해야 하는 시대가 되었지요.

어차피 명칭이란 혼란스럽게 쓰이기 때문에, 일상에서는 '소설가＝작가'라는 등식을 사용하기도 하고, 앞으로도 그럴 겁니다. 하지만 '소설가≠작가'라는 등식도 존재한다는 점을 염두에 두는 것은 절대 손해 보는 일이 아니겠지요!

Q. 소설가와 작가가
다른 사람이라고?

A. 매우 오랫동안 동의어로
쓰였지만, 이제는 구별되는
추세이다. 이야기를 만드는
사람과, 이야기를 양식에
맞추는 사람은 구별된다.

5
OSMU!

사실 21세기의 문화콘텐츠 사업에서 OSMU는 가장 중요한 키워드가 됐습니다. One source multi use. 하나의 소스로 여러 양식의 콘텐츠를 만들어 내는 것이지요.

미키마우스는 원래 만화였지만 중요한 캐릭터 상품이기도 하지요. 미키마우스가 등장하는 신작 애니메이션 작품을 본 지는 정말 오래되었지만, 여전히 모르는 사람이 없을 정도로 강력한 캐릭터입니다.

1900년대 초반에 만들어진 캐릭터들은 이처럼 원천 저작물의 형태보다는 OSMU의 형태로 소비되는 거죠. 사실 이런 식으로 작품의 전부나 일부가 살아남아서 문화 현상이 되는 것은 작가로서는 상당히 기분 좋고 영광스러운 일일 것입니다! 또 상상도 못 했던 부를 가져다주기도 하는 일이고요.

OSMU는 원천 저작물의 저자가 의도하거나 예견할 수 있는 것이 있는가 하면, 그렇지 못한 것도 많습니다. 여기에서는 앞의 '주변 장르', '소설가≠작가' 이야기의 맥락을 잇고 있습니다. 궁극적으로 작가는 자신의 작품이 OSMU의 대상이 되는 것을 상당히 강하게 전제하는 시대가 되었다는 이야기겠지요.

주변 장르의 이야기를 다시 해보면, 작가 입장에서는 주변 장르를 대상으로 이루어지는 OSMU를 예견하고 기획할 가능성이 높습니다. 하지만 예측하지 못하는 지점도 분명히 존재하겠죠. 그렇다고 "어차피 OSMU란 완전히 예측하지 못하므로 신경 쓰지 않겠어!" 하는 태도라면, 저는 그것을 바람직하다고 하지는 못할 것 같습니다.

21세기의 작가는, 그리고 웹소설의 작가는 자신이 하는 일의 한계를, 또 생각하는 범위의 한계를 정해 두지 않는 것이 바람직하다고 생각합니다. 자신의 작품과 관련된 이야기라면, 그것이 직접적이든 간접적이든, 그것에 대해 공부하고 궁리하세요! 그것이 시시각각 변하는 매체 환경에서도 오래오래 활동할 수 있는 중요한 발판이 될 것입니다.

Q. OSMU는 정말 웹소설 작가에게도 중요한 추세인가?

A. 그렇다. 웹소설이 다른 콘텐츠로 변형될 루트도 무궁무진하고, 웹소설 작가에서 시작해서 다른 장르의 창작자가 될 가능성도 높다.

A. 자신의 창작 역량을 웹소설에 가두는 것은 좋지 않다. 이제는 하나의 장르에 묶여 있는 것에 예술가로서의 아우라를 부여하는 시대는 끝났다.

VI

못 다한

이야기

이 책의 마지막 챕터까지 왔습니다. 여기에서는 남은 이야기들을 허심탄회하게 풀어 보겠습니다.

왜 '허심탄회'라고 하는지는 아마 읽어 보시면 알 수 있을 것입니다.

이 책의 특징을 필자인 저에게 물어본다면, 단정적인 서술을 피하려고 했다는 것, '무조건'이라는 식의 표현을 피하려고 했다는 것을 강조하고 싶습니다.

웹소설을 연구하는 데 있어서는 웹소설과 관련된 여러 담론들을 구성하고 있는 명제들이 모두 '코드'라는 것을 인정하는 것이 중요합니다. 예전처럼 시대와 환경이 급속도로 바뀌지 않았던 곳에서는 '영원불멸의 진리' 같은 명제들을 품고 살아도 큰 문제가 없었어요. 하지만 21세기의 문화 현상(웹소설도 그 중 하나죠)을 대하는 데 있어서 그런 태도를 지니는 것은 매우 위험한 일입니다.

1
웹소설의 트렌드를
대하는 자세

현재 웹소설에 대한 논의는, 최대한 많은 매출, 최대한 많은 독자 확보를 중요한 전제로 놓고 있는 것이 사실입니다. 다른 문화 예술을 볼 때, 우리가 반드시 그렇게 접근하지는 않지요.

문: 더 좋은 작가를 많이 확보하고 있다는 말과도 같다.
답: 그렇다. 그런데 작가들에게 의리로 여기 남아 있으라고 할 순 없다. 현실적인 문제에 부딪히니까. 그럴 만한 메리트가 있어야 한다. 그런 것들이 오랫동안 가져왔던 노하우나 믿음 같은 것과 엮여서, "시작은 문피아에서 해야 한다"는 공식이 만들어진 상태다.

문: 문피아 출신은 웹소설 업계에서 더 인정받는다는 말인가?
답: 여기에서 유명해지면 실제로 인정받는다. 네이버든 카카오든 무조건 대우를 받고 갈 수 있다. 검증된 작가라서다.

문: '창작과비평'이나 '문학과지성'의 동인 시스템 같다.
답: 옛날로 보면 신춘문예로 등단해서 나아가는 그런 것과 같은 거다. 문피아는 등용문이 되는 거다. (중략)

문: 아카데미를 연 이유가 있나?

답: 자격이 없는 사람이 아카데미란 이름으로 학원을 만들어 장난치는 걸 너무 많이 봐 왔다. 글을 쓴다는 것은, 잘못 버릇을 들이면 못 고친다.

문피아 대표 김환철 씨가 『바이라인네트워크』*Byline Network*라는 곳과 2019년 5월 28일 진행한 인터뷰의 일부입니다. 김환철 씨는 여기에서 문피아, 카카오페이지, 그리고 네이버를 3대 플랫폼으로 꼽고 있습니다.

인터뷰의 전체 내용을 실었을 만큼 중요한 지점을 많이 담고 있는 기사입니다. 이 책에서 전문을 인용하는 것은 적절치 않고, 웹소설에 관심 있는 독자들은 꼭 읽어보시기를 권합니다.

어쨌든 이 인터뷰를 보면서, 다른 웹소설 관련 논의들이 주장하고 예상하는 것과는 달리 웹소설의 미래가 반드시 핑크빛으로 가지는 않을 거라는 예상을 하게 됩니다. 왜냐하면, 웹소설이 깨려고 했던, 웹소설과 대립되는, 소설의 고전적이고 어떤 의미에서는 고질적인 특성들을 결국 미래의 웹소설도 갖게 될 거라고 예상하도록 만들기 때문이지요.

사실 웹소설이 기존 문단을 해체하는 데 일조했다고 주장하는 사람들의 입장에서는, 국내 웹소설 시장을 구축하는 데 가장 중요한 역할을 한 사람 중 하나인 문피아 대표가 『창작과 비평』과 문피아를 견주는 데 아무런 거부감을 보여주지 않는 다는 사실에서 섬뜩함을 느낄 수도 있습니다.

기존의 문단 질서를 무너뜨릴 수 있는 중요한 계기로 웹소설의 의미를 찾는 사람들이 상당히 많습니다. 그런데 오히려 웹소설 플랫폼들이 웹소설에서 그런 '문단'으로서 자임하는 미래를 꿈꾸기도 하는 것이지요.

거기다가, 인용한 부분의 후반부는 더더욱 주목할 여지가 있습니다. "자격이 없는 사람", "잘못 버릇을 들이면"이라는 표현은 문단 중심으로 문학계, 소설계가 돌아갈 때의 전형적인 태도이고 마인드입니다.

잘 쓴 소설과 못 쓴 소설의 기준은 어떤 잣대를 들이대느냐에 따라, 또 누가 보느냐에 따라 달라질 수밖에 없습니다. 가령 "철학이 있어야 좋은 소설이다", "흥미진진해야 좋은 소설이다" 같은 기준들이 있다고 해봅시다. 어떤 사람은 앞의 것을 맞는 기준이라고 여기겠고, 어떤 사람은 뒤의 것을 맞는 기준이라고 여기겠지요?

1970년대 한 명문대 국문학과의 소설 창작 수업에서, "바다는 저만치 물러나 있었다"라는 학생의 소설 첫 문장을 보고 교수가, "소설의 문장은 시와는 달라야 해! 어디서부터 저만 치라는 기준이 있어야지!"라고 비판한 적이 있다고 합니다. 워낙 인상적인 에피소드라 소설 창작을 하는 사람들한테 끊임없이 전해지던 이야기지요.

당시만 해도 "소설의 문장은 시의 문장과는 달라야 해! 그렇지 않으면 좋은 소설 문장이 아니야!"라는 생각이 성행했다고 합니다. 하지만 90년대 이후 소설가들에게는 이런 관점이 거의 나타나지 않지요. "소설의 문장이 시의 문장과 같은 게 뭐가 어때서?"라는 생각이 일반화되고, "그걸 가지고 소설의 기본이 안 되었다고 혹평을 했었단 말야? 이해할 수 없군"이라는 말이 퍼지는 것입니다.

이처럼 '좋은 작품'을 나누는 기준들은 어느 하나가 반드시 맞고 다른 하나는 틀렸다고 할 수 없는 것이지요. 그런데 문단이라는 게 있고, 그에 따라 권력이라는 게 생기면, 이런 기준이 특정 사람들이나 집단에게 독점되는 문제가 생깁니다. 그들은 후배 문인들이 등단할 자격을 갖추었는지를 결정할 수 있는 권한을 가지게 되니까요. 교육, 그리고 심사를 통해서 이런 권력은 획득되고 재생산되는 것입니다.

문피아 아카데미가 제시하는 '좋은 글'과 인터뷰에서 언급되는 학원들의 '좋은 글'은 당연히 다른 기준에 의해서 '좋은 글'

로 판단되는 것이지요. 그 중 정말 어떤 게 더 좋은 글인지를 판결 내릴 수 있는 사람은 존재할 수 없습니다.

그렇기 때문에 '아카데미'로서의 문피아, 혹은 '등용문'으로서의 문피아는 저런 특정한 기준과 관점을 고정시킬 수 있는 여지를 갖고 있다고 봐야 하는 것이지요. 이렇게 웹소설과 관련해서도, 얼마든지 소설에서 일어났던 '경직화'가 일어날 가능성이 있는 셈입니다.

물론 그런 경직화를 경계해서 저런 교육기관을 설립하거나 '동인' 시스템을 만드는 것을 피해야 한다고 주장하는 것은 아닙니다. 모든 일에는 긍정적인 전면이 있으면 부정적인 이면이 있는 법이기에, 그 긍정성과 부정성을 잘 따져 가면서 일을 진행하는 것이 중요하지, 그렇다고 아예 손을 놓고 있자고 할 수는 없는 노릇이니까요.

그러니까 앞의 인터뷰에서 문피아가 하고 있다는 작업들이 필요 없는 일이라고 말하는 것이 아닙니다. 다만, 소설도 처음에는 이전 시대 예술의 한계와 경직성을 극복하려는 진취적이고 진보적인 시도와 함께 시작했음을 망각할 정도로 그 자신이 경직되듯이, 웹소설도 문화 현상으로서 얼마든지 그런 '이치'에 따라 변화할 가능성이 높다는 것입니다.

소설도 안 좋은 의미에서의 '고인 물'이 될 수 있는 것처럼, 웹소설도 그런 '고인 물'이 될 가능성을 숨기고 있다는 것입니다. 웹소설과 관련된 자신의 모든 작업들이, 웹소설과 관련된 일이라는 이유만으로 진보적이라고 믿는 것은 그런 의미에서 굉장히 위험한 일일 수 있습니다.

웹소설도 당연히 시간이 지남에 따라 변하는 것이고, 이 책에서 여러 번에 걸쳐 말했듯이 그 변화 속도는 웹 환경의 특성 때문에 엄청나게 빠르니까요. 게다가 웹소설에서도 다른 장르에서처럼, 플랫폼 같은 관계자들이 서로 주도권을 확보하기 위해 경쟁을 벌이기도 합니다. 작가 집단이 형성되고, 독자도 일군을 이루어서 자신들의 목소리를 내기 시작하지요.

그러다 보면 얼마든지 웹소설과 관련된 '낡은 지식', 그리고 '낡은 믿음'이 생기기 마련입니다. 웹소설 작가가 숙명적으로 조심하고 피해야 할 대상이 이런 지식과 믿음들이겠지요.

웹소설과 관련된 수많은 '코드'들은 변화무쌍합니다. 언제나, 본인이 쌓았던 지식들을 다시 반성하고 업데이트해야 한다는 것을 명심합시다. 이 책에서 배운 내용들도 마찬가지입니다!

2
비주류 웹소설에 대하여,
그리고 웹소설의 미래

앞의 이야기를 이어받아 '비주류 웹소설'에 대해 이야기를 나누어 봅시다. '비주류 웹소설'이라고 할 만한 것도 분명히 존재합니다. 저는 2017년 즈음에 문피아에 연재되었던(공모전 출품작이었습니다)『비정규직은 죄인이다』라는 작품을 예로 들고 싶네요.

작가는 이 작품이 실제 자신의 경험을 토대로 한 것임을 밝히고 있습니다. 물론 그 말 자체가 작품의 연출 일부일 수 있습니다. 하지만 제가 보기에는 정말로 작가의 핍진한 경험이 묻어나 있었습니다.

또한 소설을 본격적으로 공부하지 않은 '투박함' 역시 느낄 수 있었습니다. 소설의 문법과도 다르고, 웹소설의 문법과도 다른 소설이었지요. 언론 등이 소개하거나 해서 화젯거리가 되지 않는 한, 정상적인 방법으로 독자를 모으기는 힘들어 보였습니다.

일반적으로 웹소설이 독자를 끌어들이는 방식을 사용하고

298

있지 않았으니까요. 이 책에서도 소개한 것처럼, 소위 주인공의 목표를 명확하게 설정하거나, 혹은 회귀나 상태창 같은 특별한 능력을 보여주는 부분도 없었어요.

이 작품의 조회수는 편당 500~900회 정도를 기록했던 것으로 기억합니다. 웹소설 공모전에서 순위권에 들기에는 턱없이 부족한 숫자이지요. 순위권에 들려면 최소한 몇 만 단위의 조회수를 기록해야 하니까요.

그러니 웹소설로서는 '성공한 작품'이라고 하기 어렵지요. 내용으로 보나, 결과로 보나, 그렇습니다. 그렇기 때문에 이런 작품들은 웹소설의 특징을 일반화할 때, 근거로 사용되지 않습니다. 웹소설로서는 지극히 예외적인 작품일 뿐이지요. 혹은 웹소설의 기본도 지키지 못한 실패한 작품이거나요.

하지만 관점을 조금 바꾸어서 생각해 봅시다. 가령 저 작가가 정말로 산업현장의 비정규직 노동자 출신의 작가라면 종이책 소설을 출판하는 관문을 뚫게 될 가능성은 사실 매우 낮습니다. 비등단자이기 때문에라도 그렇고요. 또 판매를 생각해야 하는 출판사의 기획 방향과 일치해야 하는데 그것도 쉽지 않지요.

결국 웹소설이라는 장이 아니면 발표조차 되지 못했을 가능성이 높다는 것입니다. 그렇다면 작가 입장에서는 어떻게 해야 할까요? 출판 소설이라는 관문을 뚫기 위해 계속 그 문을 두드리기만 해야 할까요.

또한 한 회당 조회수 1,000회를 육박했다면, 사실 그것은 결코 적은 숫자가 아닙니다. 단행본으로 1,000부를 팔았다면, 요즘 출판업계의 사정으로 보았을 때, 나쁘지 않은 판매 성적을 올린 것입니다. 물론 책으로 1,000부를 팔았다고 해서, 또 웹소설로 조회수 1,000을 올렸다고 해서 그 작품을 경제적으로 성공한 작품이라고 평가하기는 무리일 것입니다.

그런데 작가의 의도가 애초에 그런 게 아니었다면 어떨까요?

사실 1,000명에게만 알릴 수 있어도, 다른 어떤 매체를 통한 발표보다 더 성공적인 결과를 거둔 것이라고 평할 수 있습니다. 비정규직 노동자의 경험담을 알리는 데 있어서는, 그리고 같은 조건에서 최대한 많은 독자에게 다가가는 데 있어서는, 웹소설 플랫폼이 최선의 선택이었을 수 있다는 얘기입니다.

이런 예를 찾기는 상당히 쉽습니다. 웹소설의 문법을 갖추지 못한 작품들을 플랫폼에서 찾기는 쉬워요. 그런데 그런 작품 하나하나의 조회수도, 웬만한 종이책 소설 작품들의 판매량과 비교해 보면 만만치 않습니다.

그러니까, 지금 이 작품은 '웹소설의 기준'이라는 것에 미달되는 작품으로 취급받지만, 어차피 '웹소설의 기준'이라는 것이 불명확하고, 또 명확하다고 하더라도 시시각각 변화하는 것이라면 이런 웹소설들이 더 늘어날 수도 있는 것입니다.

"웹소설은 작가가 그것을 가지고 최소한 숙식을 해결할 정도로 수익이 창출되어야 하지 않는가?"라는 이야기는 쉽게 할 수 있습니다. 하지만 이런 명제는 얼마나 확고한 것일까요? 종이책 시장의 소설이나 시도, 만약 그런 기준을 적용하면 소설이나 시 취급을 못 받을 작품이 엄청나게 많다는 현실을 돌아보지 않을 수 없습니다.

웹소설의 시장이 엄청나게 크긴 합니다만, '시장성', 혹은 '시장친화성'이 좋은 웹소설로 인정받을 수 있는 유일한 기준이 될 수 있는지에 대해서는 고민이 필요합니다. 반드시 문학상을 받거나 베스트셀러 목록에 올라야만 좋은 문학작품이 아닌 것처럼, 조회수 순위권에 오르거나 엄청난 매출을 올려야만 좋은 웹소설인 것은 아닐 수 있거든요.

더구나 웹소설이 기존 소설이 갖고 있었던 경직성, 그리고 문단 권력 등을 극복하고 대안으로서의 장르가 되려면, 그 장르로서의 포용성이 강조될 수밖에 없습니다. 기존의 소설처럼 "이것은 소설이고 저것은 소설이 아니다"라고 구별하는 것은 사실 지금 많은 웹소설 이론가들이 이야기하는 '웹소설다움'과는 거리가 먼 것이니까요.

이 책의 맨 앞에서 했던 이야기를 다시 한번 강조하게 되겠지만, '웹소설'이라는 명칭은 '웹'이라는 매체 명칭에서 나온 것입니다. 따라서 웹소설이라는 장르가 가지고 있는 양식적 컨벤션을 따라온 작가와 독자들뿐 아니라, 복잡한 조건 없이 단지 '웹'이라는 매체를 찾아온 작가와 독자들도 포용해야 하는 것이 웹소설이 처한 운명일 수 있는 겁니다.

사실 제 주위에서는, 소위 '순수문학', '문단 문학'에 몸담았던 사람들이 웹소설의 장으로 옮겨 오고 있는 경향이 강하게 드러나고 있습니다. 저만 해도 그런 사람 중 하나지요. 과연 그것을 경제적인 이유만으로 설명할 수 있을까요? 웹소설이 갖고 있는 가능성은 기존의 문학이 갖고 있는 문제점을 해결하기 위해서도, 혹은 기존 문학이 갖고 있는 힘을 연장하기 위해서도 필요합니다.

웹소설이 둘 중 어느 쪽에 더 큰 역할을 하게 될지에 대해서는 생각이 달라도, 현재 발견되는 일반적인 웹소설의 특징이 고정되어 권위적이고 고전주의적인 성격을 띠게 되는 것은 피해야 할 일이라고 생각합니다.

'웹소설'은 변화합니다. 그리고 우리는 웹소설이 변화하고 있다는 사실을, 끊임없이 상기해야 합니다. 그래야 웹소설의 흐름 속에서 도태되지 않고, 그 흐름과 보조를 맞추어서 전진할 수 있을 것입니다.

이 책에서 나눈 이야기들을 기억해 두는 것은 유용합니다. 지금 당장 써먹을 수 있는 것도 많을 것입니다. 하지만 이 책의 정보들이 언제까지 유효할지는 모릅니다.

과학자는 자신의 가설과 사랑에 빠지게 된다고 하였고, 그것이 바로 과학자가 몰락하는 길이라고 하였습니다. 하지만 이 이야기는 모든 사람한테 다 적용되는 말이라고 생각해요. 사람은 자신의 지식과 너무 쉽게 사랑에 빠지고, 그 지식의 유효성이 끝나는 것을 견디지 못하지요. 그런 태도로부터 벗어나는 게, 21세기의 문화 현상인 웹소설을 대하는 21세기 사람들의 태도라고 봅니다.

마치며

이 책은 모든 책들과 마찬가지로, 여러분을 곧바로 웹소설 작가로 만들어주지 않습니다. 웹소설을 써서 성공하는 어떤 왕도를 제시해주지도 않고요.

다만 웹소설 작가가 해야 하는 '일'에 어떤 것이 있는지를 알아두고 고민하는 것은 작가 생활을 하는 데 있어서 꼭 필요한 일이라고 생각합니다. 능동적으로 자신의 '일'에 접근하는 것이 웹소설 작가로 성장하고 활동을 지속하는 데 도움이 될 거라고 믿습니다.

이 책을 읽어주셔서 감사합니다.

이 책의 원고를 기다려주신 출판사, 제가 소설을 공부하고 쓰는 데 도움을 주신 모든 분들께도 감사드립니다. 모두의 건필을 기원합니다.

그림 1 '문피아'의 메인 페이지 → p.90

그림 2 '문피아'의 장르별 베스트 → p.90

그림 3 무협 외에도 다양한 장르를 다루는 '문피아' → p.90

그림 4 '문피아' 무료 웹소설 베스트 → p.92

그림 5 '조아라'의 메인 페이지 → p.94

그림 6 '조아라'의 노블레스 메인 → p.94

그림 7 '조아라'의 로맨스 게시판. 로맨스 장르 전용 이용권이 별도로 존재한다.
→ p.97

그림 8 '조아라'의 주간 베스트 → p.98

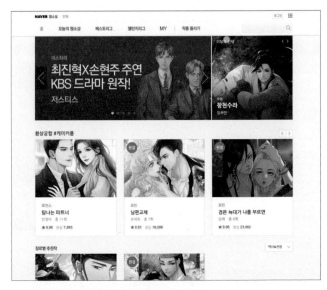

그림 9 '네이버 웹소설'의 메인 페이지 → p.102

그림 10 '네이버 웹소설'의 챌린지리그 → p.104

그림 11 로맨스, 로판 장르가 강세인 '네이버 웹소설' → p.106

그림 12 '네이버 시리즈' 메인
→ p.110

**그림 13 '네이버 시리즈'의
쿠키오븐 프로모션** → p.111

**그림 14 '네이버 시리즈'의
선물박스 프로모션** → p.111

313

그림 15 '카카오페이지' 메인
→ p.115

**그림 16 '카카오페이지'의
기다무**→ p.115

그림 17 '톡소다'의 메인 페이지 → p.123

그림 18 '로망띠끄'의 메인 페이지 → p.125

315

명예작가 ⊕		일반작가 ⊕	
어느 겨울날 3화	초크	이런 망할놈의 연애 계약서! - 29화.	이멜리오
어느 겨울날 2화	초크	결혼해야 사는 여자(가제) 26화	송소율
어느 겨울날 1화	초크	고고한 선비	헝팅링
붉은 쇼윈도-2	식스	네 마음에 닿기를 15	현유
로망로즈 104th [짐승적 결혼] -Coming..	묘로로망	달의 5화	하진
의도된 맞선 -9	자수민	불건전한 계약 결혼 #45	로크제이미
붉은 쇼윈도 1 (그나마 나은 선택)	식스	신의 아이에게 웃을 -4-	효윤이
청화군의 정사 (淸和) 는 강글랑을 좋아해...	윤희랑(가픔빈)	수연이 - 6	임이현
스물아홉 번째 로망베타) [미운오리새끼]...	토토로망	낡나른 그녀석 045	임재안
별(수)알(9) 39회, 40화	녹슨달빛	이런 망할놈의 연애 계약서! - 28화.	어멜리오

걸음마작가 ⊕		작가사랑방 ⊕	
쇼윈도 부부(7)	제바니	적잘방 갑빠력님의 불순한 책사랑	민만냅파
쇼윈도 부부(6)	재바니	김지윤님굴	바나리엄
한군 [꿈의] 03	몬다	쇼윈도부부	미완여사
풍정객 02	김가을	남편대행서비스(한봉이 님)	라란나선
그 녀석 10	풍물	겨마직?저두 키다리 아저씨는 싫어요 강..	송소율
오늘부터 그녀를 끝들이기로 했다(12)	3하lee	[걸음마작가 정기별 작가님의 사.서트...	루이스
페태지의 신부 5	N°19	[걸음마작가가 정기별 작가님의 사.서트...	
누가내 가슴에 화끈하게 불을 질렀나...	율라마이 물라	결작 게시판, 쓸데없이 말색초	N°1558779697
은의 구원 009	가구라기	겨름이. 키다리 아저씨는 싫어요.	grace09
사장님 자꾸 왜 이러세요 - 41회	로코쓰는아현	안면이라는 거적	라나씨

그림 19 '로망띠끄'의 게시판 → p.125

그림 20 '브릿G'의 작품 소개 → p.127

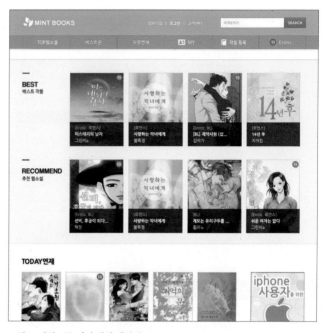

그림 21 '민트북스'의 메인 페이지 → p.129

그림 22 '북팔'의 인기 무료 통합 랭킹 → p.129

그림 23 '코미코'의 메인 페이지 → p.129

그림 24 해시태그로 표현한 작품의 장르 → p.175

그림 25 비주얼노벨『장씨세가 호위무사』→ p.279

웹소설 작가의 일

웹 환경 이해와 소설 창작을 위한 길잡이

초판 1쇄 발행 2019년 10월 7일

지은이   김준현
펴낸이   오은지
책임편집   변홍철
북디자인   정재완
펴낸곳   도서출판 한티재
등록   2010년 4월 12일 제2010-000010호
주소   42087 대구시 수성구 달구벌대로 492길 15
전화   053-743-8368
팩스   053-743-8367
전자우편   hantibooks@gmail.com
블로그   www.hantibooks.com

ⓒ 김준현 2019
ISBN 979-11-90178-13-6 03800

이 도서의 국립중앙도서관 출판예정도서목록(CIP)은
서지정보유통지원시스템 홈페이지(http://seoji.nl.go.kr)와
국가자료공동목록시스템(http://www.nl.go.kr/kolisnet)에서
이용하실 수 있습니다. (CIP제어번호: CIP2019033915)